MW00907324

Les fossiles
ont la vie dure !

Dans la même collection :

Les Chouettes, quelle famille !, Anne Möller, 2007
Les plantes qui puent, qui pètent, qui piquent, Lionel Hignard et Alain Pontoppidan, 2008
Les bêtes qui crachent, qui collent, qui croquent à la mer, Jean-Baptiste de Panafieu, 2009
Les bêtes qui pincent, qui pissent, qui percent à la campagne, Sophie Fauvette, 2009
Les Insectes, d'ingénieux bâtisseurs, Anne Möller, 2010 (nouvelle édition)
Les Graines, de grandes voyageuses, Anne Möller, 2010 (nouvelle édition)
Humanimal, notre zoo intérieur, Jean-Baptiste de Panafieu, 2010
Les bêtes qui sautent, qui sifflent, qui s'éclipsent à la montagne, Sophie Fauvette, 2010
Les bêtes qui rôdent, qui rongent, qui rampent à la ville, Jean-Baptiste de Panafieu, 2011
Les pierres qui brûlent, qui brillent, qui bavardent, Martial Caroff, 2012
Les bêtes biscornues, tordues, toutes nues, Jean-Baptiste de Panafieu, 2013

Du même auteur :

Les Cinq Saisons d'Ys, Terre de Brume, 2007
Exoplanète (Intelligences I), Terre de Brume, 2009
Antarctique (Intelligences II), Terre de Brume, 2010
Sanglante comédie, Gulf Stream Éditeur, 2011
Rêve (Intelligence III), Terre de Brume, 2012
Les Profanateurs, Gulf Stream Éditeur, 2012
Karl, L'Archipel / Galapagos, 2012
Layla, L'Archipel / Galapagos, 2012

Dame *nature*

Textes de
Martial Caroff

Les fossiles
ont la vie dure !

Illustrations de Benjamin Lefort
et Matthieu Rotteleur

Gulf stream éditeur

Introduction

Il n'est pas toujours facile de présenter les êtres aux formes étranges des temps anciens, si différents des végétaux et des animaux qui nous sont familiers. La plupart des ouvrages documentaires se contentent de faire revivre par l'image les créatures les plus impressionnantes, comme les dinosaures géants qui ont disparu à la fin de l'ère secondaire. Et les autres organismes, alors ? Et pourquoi ne pas montrer, en plus des plantes ou des bêtes reconstituées, ce qui sort directement des entrailles de la Terre : les fossiles ?

Moulages de coquilles dans une ancienne vase, empreintes sur une plage de sable transformée en grès, plantes pétrifiées, os minéralisés ou bien momies conservées dans un milieu stérile, les fossiles sont des instantanés de vie, gardiens de la mémoire des mondes disparus. On les trouve dans des roches qui résultent du dépôt, généralement en milieu aquatique, puis de la consolidation de particules sédimentaires.

Avec ses huit chapitres aux titres fleuris, ce livre présente une sélection de fossiles de tous âges, de tous lieux et de tous types, depuis la minuscule diatomée jusqu'au diplodocus. Chaque sujet est traité en cinq parties largement illustrées : une courte présentation, une explication du mode de fossilisation, quelques tranches de vie, un petit récit historique ou littéraire et une anecdote étonnante tirée des découvertes les plus récentes. Bon voyage dans le temps !

Sommaire

Les fossiles
qui se trouvaient vieux

Sur notre petite planète dans sa grande galaxie, il
y a près de quatre milliards d'années, la vie appa-
raît, microscopique. Le temps passe, les formes de-
viennent de plus en plus variées et étranges. Déjà,
nous sommes au début de l'ère primaire. Les premières coquilles, discrètes, éclosent. Une révolution
se prépare…

Les fossiles qui se trouvaient vieux

À l'aube de la vie

Les stromatolites (« tapis de pierre ») sont des dômes calcaires formés de niveaux ondulés. Ils résultent de l'activité de bactéries marines, qui sont des organismes à une seule cellule sans noyau. Ils existaient déjà il y a 3,5 milliards d'années, ce qui fait d'eux les plus vieux fossiles visibles à l'œil nu. On en trouve encore en formation dans de rares endroits.

0   4 cm

Stromatolite de Pilbara (Australie-Occidentale), vue en coupe – Archéen (-3,43 milliards d'années) – Muséum de Toulouse

0   5 cm

Stromatolites actuels (Yalgorup, Australie-Occidentale), vue de dessus

Des organismes vivants au fossile

Les stromatolites sont des structures dures, qui se prêtent à la fossilisation. Ils sont constitués de couches calcaires alternant avec de fines lamelles sombres riches en carbone (les anciennes bactéries). Une partie du fossile de Pilbara s'est transformé en silice, ce qui a renforcé sa structure et facilité sa conservation.

Tranches de vie

Les stromatolites sont formés par des tapis de bactéries qui provoquent la précipitation de carbonate de calcium et dont les filaments piègent les particules sédimentaires en suspension dans l'eau. C'est ainsi que se créent les niveaux calcaires, par lente accumulation. Seule la surface d'un stromatolite actif est vivante. Ces « bioconstructions » se forment à faible profondeur, dans la zone de balancement des marées ou juste sous le niveau des basses mers.

Deux petites histoires ▶

Les stromatolites fossiles sont connus depuis longtemps mais, jusque dans les années 1950, les scientifiques ne comprenaient pas comment ils s'étaient formés. C'est la découverte de constructions actuelles en Australie qui a livré la clef du mystère.

Les stromatolites pourraient être d'excellents marqueurs d'une vie extraterrestre ancienne. En 2004, on a cru en avoir identifié un sur une photographie prise par un robot sur le sol martien. Mais ce n'était que des pierres disposées en cercles.

Le saviez-vous ?

Les stromatolites ont profondément modifié l'atmosphère terrestre au précambrien et permis son oxygénation. En effet, les bactéries des stromatolites pompent du gaz carbonique (CO_2) et libèrent de l'oxygène (O_2) par photosynthèse. Elles sont aussi à l'origine de la couche d'ozone (O_3) dans la haute atmosphère, bouclier sous lequel la vie terrestre a pu se développer à l'abri des rayons ultraviolets. Merci les microbes !

À la fin du précambrien

La première grande diversification connue du vivant a eu lieu vers −580 millions d'années, avec la faune à corps mou d'Ediacara (Australie). Les fossiles correspondants ont une forme de disque, de feuille ou de tube. Ces êtres énigmatiques, pluricellulaires, ont disparu vers -540 millions d'années.

Reconstitution de Dickinsonia

Dickinsonia costata d'Ediacara (Australie) – Protérozoïque supérieur

0   2 cm

De l'organisme vivant au fossile

La faune d'Ediacara a été conservée à l'état de moules dans des roches issues de la consolidation de particules fines, déposées dans un environnement marin peu profond. La stabilisation du sédiment et la préservation des empreintes ont été possibles grâce au fluide collant sécrété par des tapis de bactéries. L'absence d'animaux « brouteurs » à l'époque a permis d'éviter la destruction de ces fragiles structures.

◄ Tranches de vie

Les organismes d'Ediacara ont une structure très simple : la plupart sont de petites formes aplaties et mamelonnées, montrant de nombreux replis, tels des matelas pneumatiques. Cette morphologie devait favoriser les échanges avec le milieu marin et faciliter l'absorption de nourriture de manière passive. *Dickinsonia* se caractérise par la présence d'une ligne centrale, de part et d'autre de laquelle a dû se faire la croissance de l'organisme.

La petite histoire ►

En 1946, le géologue australien Reginald Sprigg inspecte d'anciennes mines dans des collines au nord d'Adélaïde. Il s'installe pour mordre dans son jambon-beurre, laisse courir son regard, qui soudain s'arrête sur d'étranges formes fossiles. Reginald vient de découvrir la fabuleuse faune d'Ediacara. Il se hâte de rentrer pour la faire connaître au monde. Mais ses confrères ne se laisseront pas facilement convaincre. À l'époque on pensait en effet qu'il n'existait pas de fossiles avant le cambrien.

Le saviez-vous ?

On a découvert depuis Ediacara d'autres sites précambriens à travers le monde montrant les mêmes fossiles. Les auteurs d'un article scientifique paru en 2010 prétendent même avoir identifié au Kazakhstan des organismes de type Ediacara dans des terrains vieux de 770 millions d'années ! Mais pourquoi ces bestioles ont-elles toutes disparu au seuil du cambrien, sans laisser de descendance ? C'est la première extinction de masse. Et la première grande énigme de l'Histoire de la vie.

Au début de l'ère primaire

Les premières vraies coquilles sont apparues vers -550 millions d'années. Cet événement a précédé de 15 millions d'années « l'explosion cambrienne », durant laquelle ont soudain surgi de nouvelles formes animales préfigurant tous les grands groupes actuels. L'une des familles les plus curieuses du début de l'ère primaire est celle des marrellomorphes, des arthropodes qui disparaîtront au dévonien.

Furca mauritanica, marrellomorphe de Zagora (Maroc) – Ordovicien inférieur – Muséum de Toulouse

0   0,5 cm

Reconstitution de Marrella spendens, un marrellomorphe des schistes de Burgess (Canada) – Cambrien moyen

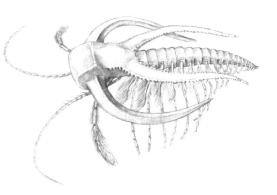

De l'organisme vivant au fossile

Le *Furca* marocain s'est fossilisé dans une roche sédimentaire fine résultant de la consolidation de boues déposées en eaux calmes dans une mer assez profonde, enfouies sous un dépôt de tempête. Les couleurs du fossile ne correspondent pas à celles de l'animal.

◄ Tranches de vie

Les marrellomorphes étaient des arthropodes à corps mous. Charles D. Walcott, qui a découvert le genre *Marrella* à Burgess en 1909, l'avait surnommé « le crabe-dentelle ». Ces fossiles sont les plus abondants de ce célèbre gisement. Les marrellomorphes se caractérisent par de longues extensions ornementées longeant un corps segmenté. Ils nageaient près du fond marin et se nourrissaient en filtrant le plancton en suspension dans l'eau.

La petite histoire ►

Essaie de t'imaginer transporté au cambrien. La planète est nue, sans vie terrestre, et la température est 7°C plus élevée que de nos jours. Tu ne parviens pas à t'y voir ? Alors plonge-toi dans *Les Déportés du cambrien*, un roman de Robert Silverberg paru en 1968. L'auteur se projette en 1984, à une époque où une dictature exile au cambrien tous les opposants au régime. Pas drôle, dans une atmosphère 11 fois plus riche qu'actuellement en gaz carbonique et contenant 40 % d'oxygène en moins !

Le saviez-vous ?

« L'explosion cambrienne » est le plus grand big-bang biologique que la Terre ait connu. Les principales structures anatomiques encore présentes chez les animaux actuels sont alors apparues en un court laps de temps (à l'échelle géologique). Cet événement a été enregistré dans des gisements exceptionnels, qui ont préservé des empreintes de tissus mous (Burgess au Canada, Chengjiang en Chine). Le site ordovicien de Zagora montre que les formes étranges du cambrien n'ont pas disparu brutalement.

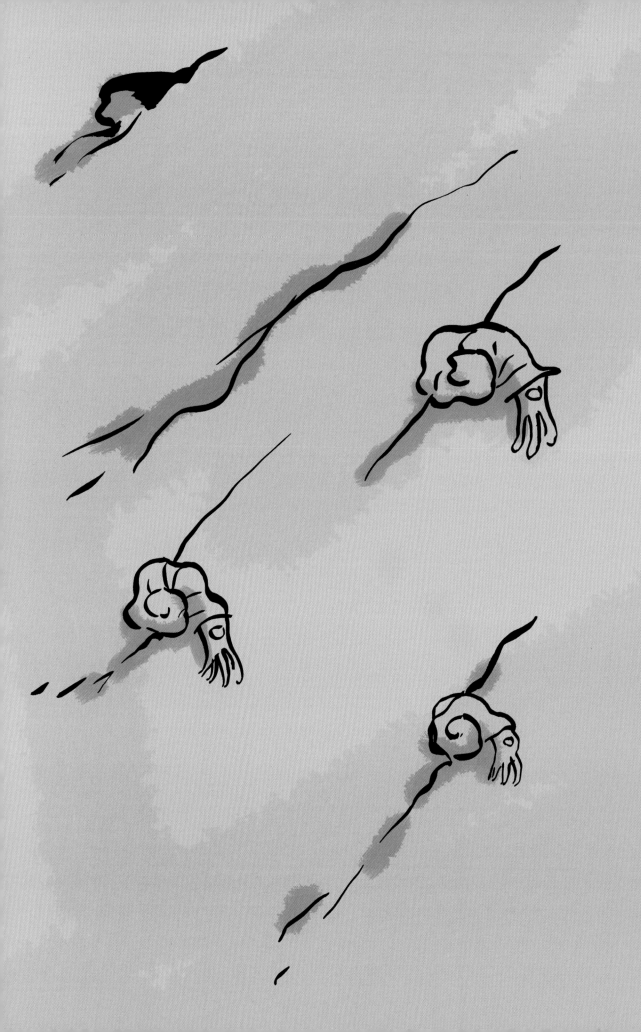

Les fossiles qui comptaient sur leur coquille

Dès que les animaux ont pu synthétiser des parties dures, les fossiles se sont multipliés. Le plus souvent, il ne reste dans la roche sédimentaire que l'empreinte interne ou externe des coquilles. Mais d'autres fois, celles-ci sont si parfaitement conservées, avec leurs couleurs, qu'on pourrait presque les confondre avec des coquillages actuels.

Les gastéropodes

Les gastéropodes (« un pied sous le ventre ») sont des mollusques dont la coquille à une seule valve est généralement spiralée. C'est un groupe montrant une très grande diversité. Les gastéropodes rampent ou nagent sur notre planète depuis la fin du précambrien. À noter que les patelles ont une coquille non enroulée et que les limaces n'en ont pas du tout.

Pyrazus angulatus, gastéropode de la Montagne de Reims (51) – Début du tertiaire

0   1 cm

Escargot géant actuel de Miami (États-Unis), pouvant mesurer jusqu'à 20 cm de long

De l'organisme vivant au fossile

Les couleurs du fossile de Pyrazus, préservé dans une roche calcaire, sont celles de l'animal.

La plupart des gastéropodes sont aquatiques. Certains possèdent même un pied élargi, qui leur permet une nage rapide. Les gastéropodes pulmonés – c'est-à-dire pourvus d'un poumon – sont les seuls mollusques à avoir conquis la terre ferme, même si certains d'entre eux ont choisi de retourner dans l'eau. Une affaire de goût, sans doute. Notre *Pyrazus* était un tranquille brouteur de fonds marins peu profonds, proches des estuaires. Ce genre existe toujours.

La petite histoire ▶

Il y a longtemps, Qfwfq vivait tranquille sa vie de gastéropode nu et aveugle. Il broutait le fond de la mer, voilà tout. Un jour, l'eau lui transmit une vibration, une sorte de « frin frin frin » l'informant qu'il n'était pas seul. Il tomba aussitôt amoureux de l'inconnue qu'il ne verrait jamais et se concentra pour fabriquer en son honneur une coquille spiralée avec de jolies couleurs. C'est ainsi que fut créée la beauté, bien avant que n'apparaisse le regard (d'après *La Spirale* d'Italo Calvino, 1965).

Les modes de reproduction chez les gastéropodes sont d'une étonnante variété. La fécondation peut se faire à l'intérieur de l'organisme femelle ou dans la mer, quand les cellules sexuelles y sont directement libérées. La plupart des gastéropodes sont hermaphrodites, chaque individu portant deux sexes. Il existe même des pulmonés qui n'ont besoin de personne et s'autoreproduisent. Enfin, quand les femelles font leurs bébés toutes seules, sans fécondation, on parle de parthénogenèse.

 *Les fossiles qui comptaient sur leur coquille*

Les bivalves

0   1 cm

*Venericardia jouaneti, bivalve de Mios (33) –
Tertiaire*

Comme le nom l'indique, la coquille des bivalves est constituée de deux parties distinctes – ou valves – articulées par une charnière autour de laquelle elles peuvent s'ouvrir et se fermer. Les valves sont généralement symétriques par rapport au plan de séparation (sauf pour certaines espèces comme l'huître ou la coquille Saint-Jacques). Ces mollusques marins ou d'eau douce existent depuis le cambrien.

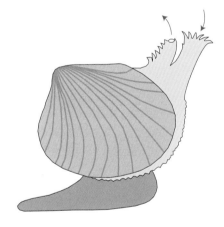

*Reconstitution de Venericardia
en position de vie*

De l'organisme vivant au fossile

Les deux valves de la coquille de *Venericardia* ont recristallisé en position fermée dans une roche calcaire. La coquille est remplie et entourée de sédiments qui ont durci à la suite d'une perte d'eau et d'une augmentation de température et de pression dues à un enfouissement sous d'autres sédiments plus récents.

◀ Tranches de vie

Chez les bivalves comme chez les gastéropodes, la coquille est fabriquée par la partie externe du corps, qu'on appelle le manteau. Les cernes de croissance sont concentriques autour de la zone la plus vieille des valves, l'umbo. Un pied en forme de hache permet l'enfouissement. Les bivalves se nourrissent de particules en suspension dans le milieu. Pour ce faire, l'eau est aspirée par un siphon inhalant, filtrée au niveau des branchies, puis expulsée par un siphon exhalant.

La petite histoire ▶

Les bénitiers géants sont les bivalves les plus imposants. Ils vivent près des récifs coralliens. Les plus grands atteignent une longueur de 1,50 m. Un magnifique spécimen de valve de bénitier fossile, vieux de 10 000 ans et pesant 58 kg, a été vendu 31 000 euros lors d'une vente aux enchères chez Christie's à Paris en 2009. Il faut dire que sa forme et son ornementation faisaient très « postmoderne ». Gloire posthume pour un grand artiste…

Le saviez-vous ?

L'extinction la plus dévastatrice de tous les temps se situe à la limite permien-trias. 95 % des espèces marines ont disparu. Des groupes entiers se sont éteints, comme les trilobites. Les bivalves ont été peu affectés par cet événement, contrairement aux brachiopodes. Avant la crise, on trouvait 50 brachiopodes pour un bivalve, une proportion à présent plus qu'inversée. Le mode de vie des bivalves était-il plus économe que celui de leurs concurrents ? Cela peut être utile en temps de crise…

Les fossiles qui comptaient sur leur coquille

Les brachiopodes

Les brachiopodes (« bras et pied » en grec) possèdent deux valves, mais, contrairement à la plupart des bivalves, elles ne sont pas identiques. La plus petite est la valve brachiale, tandis que la plus grande se nomme valve pédonculaire. Le plan de symétrie est perpendiculaire à la surface de séparation des valves.

0   1 cm

Cyrtospirifer verneuilli, brachiopode de Barvaux-sur-Ourthe (Belgique), vue frontale (la valve brachiale porte un renflement ou bourrelet et la valve pédonculaire, un sillon ou sinus) – Dévonien

 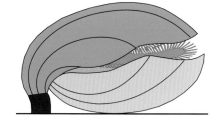

Brachiopode en position de vie (vue latérale), fixé au sol à l'aide d'un pédoncule. L'œil indique comment voir le dessin précédent.

De l'organisme vivant au fossile

À la mort du spirifer, une boue argilo-calcaire a rempli la coquille et l'a ensevelie. Le calcaire de l'environnement a peu à peu remplacé le matériau d'origine des valves, tandis que la boue se transformait en roche.

24

◀ Tranches de vie

Les brachiopodes ne sont pas des mollusques. Ils vivent en mer, fixés à un support – un rocher ou la coquille d'un autre brachiopode – grâce à un pédoncule. Ils sont dotés d'un lophophore, sorte de bras muni de cils qui leur sert à filtrer l'eau pour se nourrir et s'oxygéner. Les fossiles de brachiopodes sont parmi les plus abondants des terrains de l'ère primaire. Ces animaux se font rares de nos jours, puisqu'il n'en existe plus qu'environ 300 espèces.

La petite histoire ▶

Edmond Doutté rapportait en 1909 que des magiciennes, près d'Essaouira au Maroc, prédisaient l'avenir au moyen de brachiopodes fossiles. Elles en « élevaient » dans des boîtes, où, disaient-elles, ils croissaient et se multipliaient. Léonce Joleaud signalait en 1935 que des sorciers de la même région plaçaient des valves de brachiopodes fossiles contre l'oreille pour les écouter discourir. Peut-être percevaient-ils seulement le bruit des vagues de la mer paléozoïque ?

Le saviez-vous ?

Les brachiopodes sont de bons « fossiles stratigraphiques » pour l'ère primaire. Cela signifie qu'ils servent à dater les couches sédimentaires. Un fossile stratigraphique doit remplir trois conditions : (1) avoir une vaste répartition géographique ; (2) être abondant ; (3) appartenir à un groupe dont la morphologie a rapidement changé au cours de l'évolution, de façon à ce qu'une espèce donnée soit le marqueur d'une courte période de temps.

Les coraux

Les coraux sont les formes fixées des cnidaires, un groupe d'animaux marins qui comprend aussi les méduses. Ils sont apparus au début du paléozoïque. À la suite de la crise du permien-trias, tous les groupes anciens ont été remplacés par des formes modernes, à symétrie différente. Beaucoup de coraux vivent en colonies.

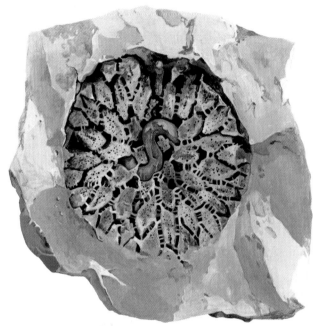

0   1 cm

Pleurodictyum problematicum, colonie de coraux de Roeder (Eifel, Allemagne), avec son ver commensal (vue de dessous) – Dévonien

Reconstitution de Pleurodictyum, sans le ver. Colonie vue en coupe. L'œil indique comment voir le dessin précédent.

Des organismes vivants au fossile

Le fossile de *Pleurodictyum* est un excellent exemple de moule interne. Les vides correspondent aux anciennes parois et les zones en relief, aux anciennes loges d'habitation. Formation du fossile : (1) après la mort de la colonie, le sédiment argileux remplit les cavités où vivaient les animaux ; (2) le sédiment durcit et se transforme en roche ; (3) le calcaire constituant les parois se dissout.

26

Les petites colonies de *Pleurodictyum* étaient fixées à une coquille de brachiopode ou de bivalve. Les individus – ou polypes – occupaient de petites loges calcaires jointives, aux parois percées de pores. Les polypes possédaient un seul orifice, servant à la fois de bouche et d'anus, entouré d'un anneau de tentacules. Ils se nourrissaient de particules en suspension dans l'eau. Les colonies de *Pleurodictyum* vivaient probablement sur des estrans découverts à marée basse.

La petite histoire ►

Une vieille tradition classait les objets et êtres naturels sur une échelle de complexité croissante. En bas, il y avait le feu. L'homme se tenait sur l'avant-dernier échelon, au-dessus des animaux, mais sous les anges. Le savant suisse Charles Bonnet (1720-1793) va reprendre cette idée. Curieusement, il place les cnidaires à deux endroits-clefs, situant les coraux entre les pierres et les plantes, et les polypes entre les végétaux et les animaux. Il n'avait pas saisi que c'était la même chose.

Le saviez-vous ?

Le commensalisme est une interaction entre des êtres vivants d'espèces différentes dans laquelle un animal – ou un groupe d'animaux – fournit gîte et couvert à un invité permanent. Celui-ci ne causant aucun dommage à son hôte, ce n'est pas un parasite. Mais il ne lui fournit pas non plus de contrepartie, à l'inverse de la symbiose, où chacune des deux espèces est bénéficiaire. Il semblerait que le ver qui se trouvait au centre des colonies de *Pleurodictyum* fût un commensal.

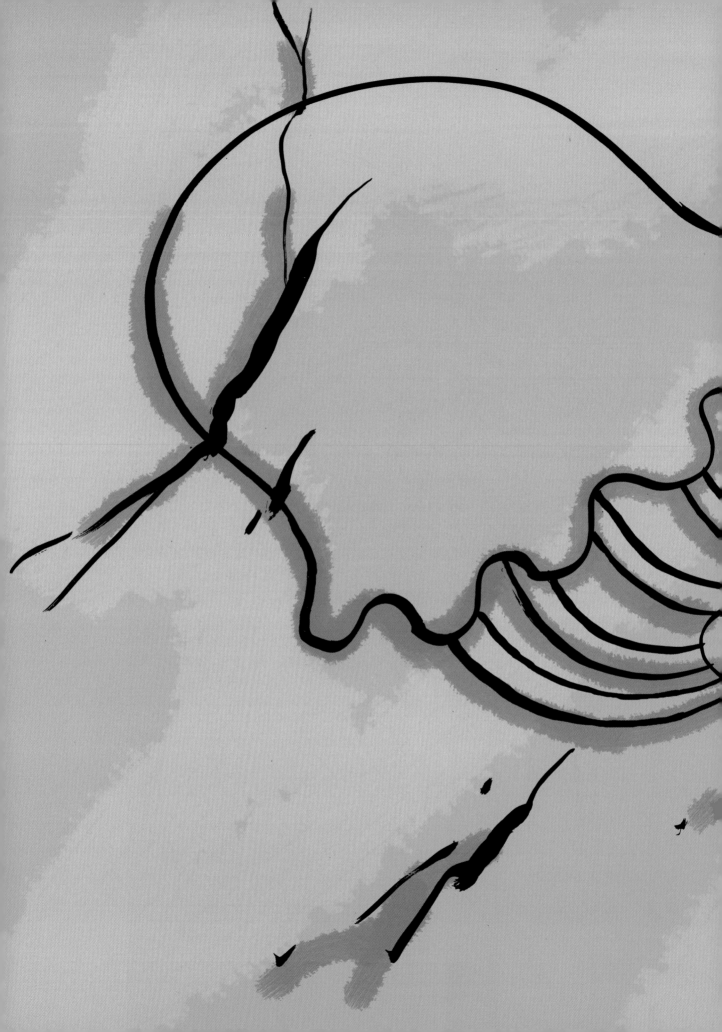

Les fossiles qui se sentaient un peu mous

Quoi de moins osseux qu'une méduse, de plus flasque qu'un calmar et de plus gracile qu'une puce ? La préservation des organismes à corps mou ou fragile est un phénomène exceptionnel qui apporte des informations complémentaires à celles livrées par la fossilisation, plus commune, des coquilles et des os.

Les fossiles qui se sentaient un peu mous

Les méduses

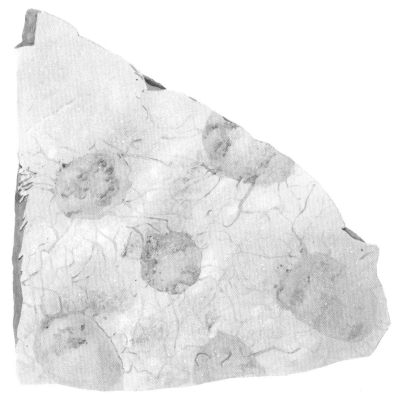

Hemimalora stellaris, méduses de Mosinee, Wisconsin (États-Unis) – Cambrien – Muséum de Toulouse

0   1 cm

Méduse actuelle

On retrouve les cnidaires, mais cette fois sous une forme flottante : les méduses. Le nom de cnidaire vient d'un mot grec qui signifie « ortie » et Méduse était une créature mythologique au regard pétrifiant. C'est dire si ces animaux urticants inspirent peu de sympathie.

Des organismes vivants aux fossiles

Les méduses *Hemimalora* se sont déposées sur le sable d'un rivage marin, où elles ont été brusquement recouvertes par des dépôts de tempête. Elles y ont laissé leurs empreintes. Après enfouissement, le sédiment sableux s'est transformé en grès.

30

◀ Tranches de vie

Dans certains groupes de cnidaires, une phase libre (méduse) peut alterner avec une phase fixée (polype). D'autres vivent uniquement sous l'une ou l'autre des deux formes. Les méduses sont des prédateurs qui paralysent de petites proies grâce aux cellules urticantes de leurs tentacules. 99 % des méduses actuelles sont marines. On a cru reconnaître des méduses au sein de la faune précambrienne d'Ediacara, mais ceci a été fortement contesté par des travaux récents.

La petite histoire ▶

Les méduses n'ont ni cœur ni sang, mais elles ne manquent pas de venin, tout comme l'être légendaire qui leur a donné son nom. Dans la mythologie grecque, les trois sœurs Gorgones changeaient en pierre quiconque croisait leur regard. Le héros Persée trancha la tête aux cheveux de serpents de l'une d'elles, Méduse. Le naturaliste suédois Carl von Linné (1707-1778) nomma « méduses » les cnidaires libres du fait de la ressemblance de leurs tentacules venimeux avec les serpents de la Gorgone.

Le saviez-vous ?

On a découvert, dans le gisement cambrien de Mosinee (États-Unis), des empreintes de méduses géantes mesurant jusqu'à 70 cm de diamètre (hors tentacules), échouées sur une plage fossile. Il y a 500 millions d'années, le Wisconsin était situé près de l'équateur et couvert d'une mer chaude, ce qui peut expliquer leur grande taille. Ces méduses étaient les plus redoutables prédateurs du cambrien, avec l'anomalocaris, un monstrueux arthropode qui, lui, pouvait atteindre une longueur de 2 m.

Les céphalopodes

Rhomboteuthis lehmani, calmar de La Voulte-sur-Rhône (07) – Jurassique

0   1 cm

Les céphalopodes (« pieds sur la tête ») sont des mollusques dotés de tentacules autour de la bouche. Il en a existé trois grands groupes, dont deux à coquille externe : les nautiloïdes et les ammonites. Ces dernières n'ont pas survécu à la crise crétacé-tertiaire. Les coléoïdes, eux, sont caractérisés par une coquille interne, qui parfois disparaît complètement. Ils comprennent les bélemnites, qui se sont éteints en même temps que les ammonites, les octobrachia (8 bras), avec les pieuvres, et les décabrachia (10 bras), incluant les seiches et les calmars.

Reconstitution de Rhomboteuthis lehmani

De l'organisme vivant au fossile

Le calmar de la Voulte-sur-Rhône a été rapidement enseveli dans un fond marin vaseux pauvre en oxygène, ce qui a permis à la matière organique de ne pas être décomposée avant la fossilisation. Elle a été remplacée, molécule par molécule, par des substances minérales, ce qui a permis sa remarquable conservation.

◄ Tranches de vie

Les calmars sont apparus au jurassique. Leur coquille interne, très différente des « os » de seiche, ressemble à une plume presque transparente. Ils sont dotés de quatre paires de bras à ventouses et de deux longs tentacules terminés par des renflements. Les calmars sont des prédateurs, comme en témoignent les crochets acérés à l'extrémité des tentacules des grandes espèces, le bec corné et les grands yeux. Ils ont des sexes séparés et leur fécondation est interne.

La petite histoire ►

Le Kraken est un monstre des légendes scandinaves du Moyen-âge. Il est décrit comme un géant des mers à tentacules. L'auteur anglais Alfred Tennyson (1809-1892) en a fait un poème célèbre : *Au dessous des remous des gouffres supérieurs, / Loin, loin, parmi les fonds, dans la mer abyssale, / Dort de son vieux sommeil, sans rêve ni veilleur, / Le Kraken* (trad. Lionel-Édouard Martin). En 2007, un bateau de pêche néo-zélandais a capturé un calmar de 495 kg près de l'Antarctique.

Le saviez-vous ?

Le plus ancien fossile de céphalopode connu, *Nectocaris pteryx*, a été découvert dans les schistes cambriens de Burgess (Canada). Décrit pour la première fois en 1976, il n'a été compris qu'en 2010. *Nectocaris* était une minuscule bestiole de 5 cm de long, avec de gros yeux, un entonnoir près de la bouche et seulement deux bras. La structure conique devait servir à la propulsion, en éjectant de l'eau, comme les siphons des céphalopodes actuels.

Les insectes

Puce géante mâle, province du Liaoning (Chine) –
Crétacé inférieur – Longueur : 1,5 cm.

Les insectes font partie du grand groupe des arthropodes (« pattes articulées » en grec), avec les marrellomorphes, les anomalocaris, les trilobites, les mille-pattes, les araignées, les crustacés et les scorpions. Les arthropodes se caractérisent par un corps segmenté recouvert d'une carapace articulée, molle chez les larves et après la mue. Chez les insectes, elle est composée d'un mélange de protéines et de glucide (chitine). Les insectes ont six pattes. Il en existe des millions d'espèces.

De l'organisme vivant au fossile

La puce s'est lentement engluée dans de la boue déposée au fond d'un lac. La région chinoise du Liaoning, où elle a été découverte, est célèbre pour sa richesse en fossiles parfaitement conservés. On y a trouvé de nombreux dinosaures à plumes, des ptérosaures, des insectes, des plantes à fleurs, etc.

Les puces sont des parasites, c'est-à-dire des animaux qui se développent au détriment d'autres êtres vivants. Elles vivent sur le corps d'un hôte et se nourrissent de son sang, qu'elles prélèvent grâce à un appareil buccal piqueur et suceur. Les puces fossiles peuvent atteindre 2 cm de long, alors que les représentants actuels ne dépassent jamais 5 mm. Grâce à leurs pattes griffues, elles pouvaient s'agripper au plumage des dinosaures qui pullulaient dans le Liaoning au crétacé.

La petite histoire ►

Les insectes peuvent être parfaitement fossilisés dans de la résine fossile d'arbre, qu'on appelle ambre. Pour les Grecs, il s'agissait des larmes durcies que les sœurs de Phaéton, le fils du Soleil, avaient versées à sa mort. Le poète Martial (40-104) a écrit : *Tandis que dans l'ombre que font les sœurs de Phaéton errait une fourmi, une goutte d'ambre enveloppa la bestiole. Ainsi, après avoir été dédaignée sa vie durant, la voilà par sa mort devenue chose précieuse* (trad. Gustave Glotz).

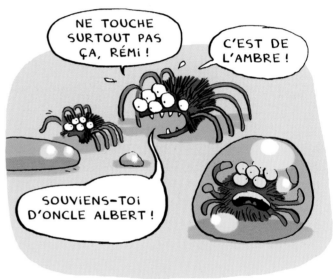

Le saviez-vous ?

Le plus ancien fragment d'insecte connu a été découvert en Écosse en 1919, dans le gisement de Rhynie (dévonien inférieur), célèbre pour ses fossiles de plantes. Mais il n'y avait qu'une paire de mandibules. Un article paru en 2012 a présenté le plus ancien fossile complet, découvert dans le dévonien supérieur de Belgique (-365 millions d'années). Sans ailes mais doté de longues antennes et de robustes mandibules, c'était l'arrière-grand-père des sauterelles.

Les fossiles qui ressemblaient à des dragons

Quand on dit « fossiles », on pense immédiatement aux dinosaures. Aux gigantesques, de préférence. Que de choses ont été écrites sur ces monstres qui ont alourdi la planète pendant des millions d'années avant de s'éteindre brusquement ! Mais au fait, ont-ils vraiment tous disparu ? Pose donc ton livre et regarde par la fenêtre ! Tu n'en vois pas un ou deux ? Tu es bien sûr(e) ?

Les fossiles qui ressemblaient à des dragons

Les sauropodes

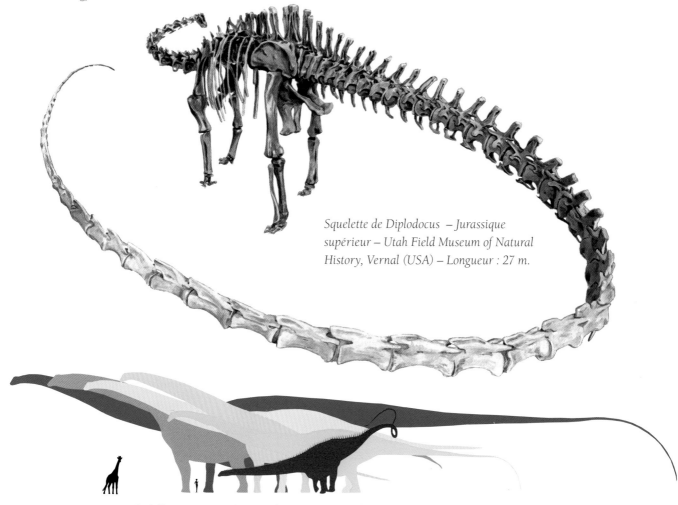

Squelette de Diplodocus – Jurassique supérieur – Utah Field Museum of Natural History, Vernal (USA) – Longueur : 27 m.

Reconstitution de différents sauropodes, une femme et une girafe pour l'échelle (bleu foncé : Amphicoelias ; orange : Argentinosaurus ; beige : Mamenchisaurus ; vert : Sauroposeidon ; bleu clair : Supersaurus ; fushia : Diplodocus).

Les dinosaures (« terribles lézards ») forment un groupe très diversifié de vertébrés terrestres. Ce sont des sauropsides ovipares, qui se tiennent sur des membres verticaux. On distingue deux ensembles : les ornithischiens herbivores (bipèdes à « bec de canard », quadrupèdes à collerette ou à plaques et piques) et les saurischiens, qui incluent les théropodes, bipèdes et carnivores, et les sauropodes, quadrupèdes et herbivores.

De l'organisme vivant au fossile

La fossilisation des ossements se fait en deux phases. D'abord, la matière organique disparaît, à la suite d'une intense activité bactérienne. Ensuite, les os recristallisent, tout en conservant les détails de leur structure.

Tranches de vie

C'est au sein du groupe des sauropodes que l'on trouve les plus grands animaux terrestres. Leur long cou était probablement tendu à l'horizontale, contrairement à ce qu'on peut voir sur les anciennes reconstitutions. Les diplodocus de taille modérée pouvaient peut-être se dresser sur leurs membres postérieurs pour manger des feuilles, en s'aidant de leur queue, mais pas les sauropodes géants, immensément longs.

La petite histoire ▶

Selon certains savants, les diplodocus étaient bêtes comme des camions : nuit et jour ils pataugeaient dans une boue phosphorescente d'où montaient des fumées comestibles… Puis, tout couverts de goémons moirés et de fientes verdâtres, ils s'en allaient galoper sur un gazon ravissant qu'ils ont esquinté, gazon que nous appelons aujourd'hui montagnes Rocheuses – Léon-Paul Fargue, *Le Piéton de Paris* (1939).

Le saviez-vous ?

Rares sont les sauropodes dont on a retrouvé des squelettes complets. La plupart ne sont connus qu'à partir de fragments. C'est le cas du plus haut (*Sauroposeidon*, 18 m), ainsi que du plus long et du plus lourd (*Amphicoelas*, environ 60 m et – peut-être – plus de 80 tonnes, dont on ne possède qu'une vertèbre et un fémur). Le plus haut animal terrestre actuel (girafe) mesure 5,5 m, le plus long (python réticulé) ne dépasse pas les 10 m et le plus lourd (éléphant) pèse 7 tonnes.

Les théropodes

Les théropodes sont des bipèdes, pour la plupart carnivores. De formes et de tailles variées, ils ont colonisé tous les continents à l'ère secondaire. Contrairement aux sauropodes, qui ont connu leur apogée au jurassique supérieur avant d'amorcer leur déclin, les théropodes ont été abondants et diversifiés jusqu'à la fin du crétacé.

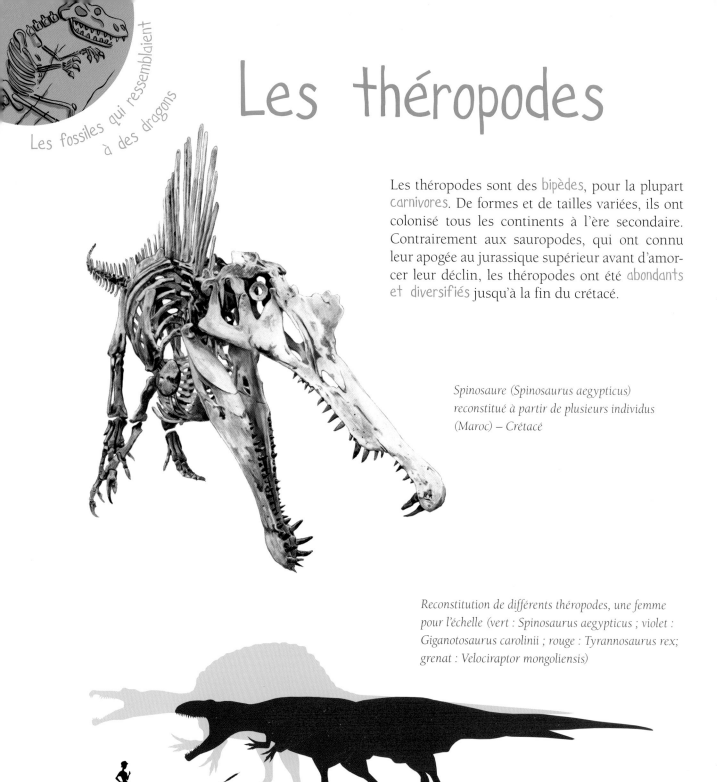

Spinosaure (Spinosaurus aegypticus) reconstitué à partir de plusieurs individus (Maroc) – Crétacé

Reconstitution de différents théropodes, une femme pour l'échelle (vert : Spinosaurus aegypticus ; violet : Giganotosaurus carolinii ; rouge : Tyrannosaurus rex; grenat : Velociraptor mongoliensis)

De l'organisme vivant au fossile

La matière osseuse est constituée d'une trame de collagène, qui est une protéine, ainsi que de phosphates et de carbonate de calcium. Au cours du processus de fossilisation, les bactéries dégradent le collagène et les sels minéraux recristallisent en apatite (phosphate de calcium).

◀ Tranches de vie

Le spinosaure a vécu en Afrique du Nord au crétacé. La forme particulière de son crâne, qui ressemble à celui d'un crocodile, a fait supposer qu'il se nourrissait de poissons. D'une longueur maximale de dix-huit mètres et d'un poids d'une dizaine de tonnes, le spinosaure aurait été le plus grand carnivore terrestre de tous les temps. Les excroissances osseuses de ses vertèbres formaient une immense voile sur son dos. Il vivait près des rivières et dans les estuaires.

Deux petites histoires ▶

À chanter sur l'air de « Cadet Roussel » : *Il y a le tyrannosaure (bis) / On dit que c'est lui le plus fort (bis) / Il chasse toute la journée, il veut trouver son souper / Ah ! Ah ! Ah ! Oui vraiment, on dit que c'est le plus méchant (bis)* – Caroline Allard. C'est vrai qu'ils sont méchants, les théropodes ! Dans *L'ami du petit tyrannosaure*, Florence Seyvos raconte la triste histoire d'un jeune carnivore, déprimé car il n'avait plus d'amis : il les avait tous mangés.

Le saviez-vous ?

La découverte, en 1969, d'un crâne de troodon dans le crétacé d'Amérique du Nord a fait sensation. En effet, la grande taille de la cavité cérébrale de ce théropode par rapport à son corps a conduit son découvreur Dale Russell à lui supposer une intelligence exceptionnelle. En se basant sur les principes de l'évolution, Russell a imaginé ce qu'aurait pu être son descendant actuel s'il n'y avait pas eu d'extinction à la fin du crétacé : un « dinosauroïde » humanoïde en costard-cravate. Hum…

Les dinosaures à plumes

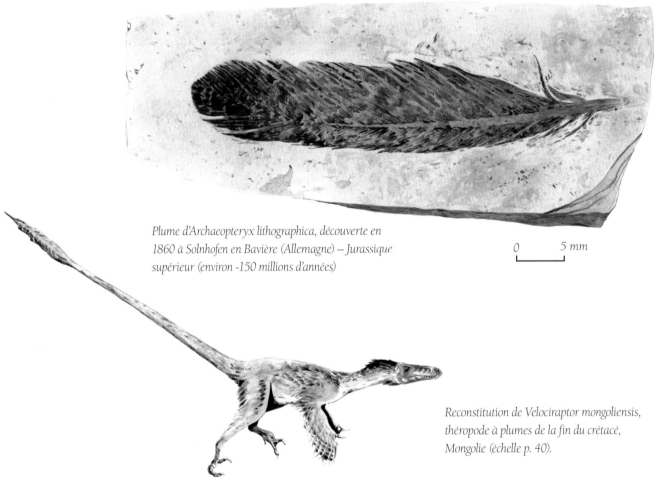

Plume d'Archaeopteryx lithographica, découverte en 1860 à Solnhofen en Bavière (Allemagne) – Jurassique supérieur (environ -150 millions d'années)

0   5 mm

Reconstitution de Velociraptor mongoliensis, théropode à plumes de la fin du crétacé, Mongolie (échelle p. 40).

Le premier théropode à plumes à avoir été découvert, et l'un des plus anciens connus, est le fameux archéoptéryx. Au XIXᵉ siècle, on n'en faisait pas un dinosaure, mais le « chaînon manquant » entre les « reptiles » et les oiseaux. Tout a changé dans les années 1990, avec la découverte en Chine de multiples cousins emplumés.

De l'organisme vivant au fossile

La plume d'archéoptéryx a été conservée dans un calcaire très fin, du type de ceux utilisés pour les plaques d'impression lithographique. Le calcaire était à l'origine une boue déposée dans un lagon calme et très salé, dépourvu de charognards. Les organismes qui y tombaient ont pu se fossiliser dans d'excellentes conditions.

◄ Tranches de vie

Il existe, de nos jours, deux fois plus d'espèces de dinosaures que de mammifères ! Contrairement à ce qu'on a longtemps cru, les dinosaures n'ont pas disparu à la fin du crétacé. Il y en a toujours parmi nous : les oiseaux. Leur petite taille leur ont permis de surmonter le cataclysme (chute d'une météorite + volcanisme intense). Des études montrent que les oiseaux ont une morphologie de bébés théropodes. Normal donc que Donald Duck ne vieillisse pas : c'est un dinosaure éternellement jeune.

La petite histoire ►

La classification traditionnelle des êtres vivants, initiée par Carl von Linné, est peu à peu remplacée par la classification phylogénétique, qui permet d'estimer le degré de parenté entre les groupes en se basant sur la comparaison des squelettes, l'ADN et les fossiles. On a ainsi découvert que les oiseaux sont des dinosaures et qu'ils sont plus proches des crocodiles que ceux-ci ne le sont des lézards ou des serpents. Dès lors, le terme de « reptile » ne doit plus être utilisé.

Le saviez-vous ?

On pensait que seuls les petits théropodes avaient des plumes (qui pouvaient d'ailleurs se développer sur les pattes arrière, pour former non pas deux mais quatre ailes). Quelle erreur ! En effet, des fossiles de gros poussins duveteux aux grandes dents, longs de 9 mètres et vieux de 145-100 millions d'années, ont été récemment mis au jour dans la province chinoise du Liaoning. Sans doute un ancêtre des tyrannosaures. Espérons pour sa dignité qu'il n'était pas jaune canari…

Les fossiles qui ont fait de vieux os

– L'ichtyosaure et le ptérosaure, des dinosaures ?
– Nan.
– Un poisson et un oiseau, alors ?
– Non plus !
– Ah ! Je sais ! On dirait un dauphin et une chauve-souris : ce sont des mammifères !
– Oublie !
– Des reptiles ?
– On n'utilise plus ce mot.
– Quoi alors ?
– Faisons simple : des vertébrés, comme le mammouth et l'homme ! Ils ont laissé leurs os dans ce chapitre.

Les fossiles qui ont fait de vieux os

Les ichtyosaures

Les ichtyosaures (« poissons-lézards » en grec) sont des vertébrés sauropsides. Ce terme englobe les oiseaux et tous ceux qu'on appelait anciennement reptiles. Les ichtyosaures appartiennent à un groupe proche de celui des lézards et des serpents.

Squelette d'Ichthyosaurus acutirostris et coquilles de l'ammonite Harpoceras falciferum, Holzmaden (Allemagne) – Jurassique inférieur

0   10 cm

Reconstitution d'un ichtyosaure

Des organismes vivants aux fossiles

L'ichtyosaure et les ammonites se sont fossilisés dans de l'argile riche en matière organique noire. Les animaux morts se sont déposés sur un fond marin boueux peu profond, pauvre en oxygène. Non seulement le squelette de l'ichtyosaure n'a pas été désarticulé après sa mort, mais le contour de l'animal a été préservé sous la forme d'une fine pellicule calcaire.

CE MIDI, C'EST BROCHETTE !

◄ Tranches de vie

Les ichtyosaures, qui ont traversé la majeure partie de l'ère secondaire, ont disparu 25 millions d'années avant la crise du crétacé-tertiaire. Peut-être à cause de la concurrence des autres grands prédateurs marins, comme les mosasaures. Leur longueur était comprise entre 1 et 22 mètres. Ils se nourrissaient de céphalopodes (bélemnites, ammonites), de tortues et de poissons. On a retrouvé des fœtus dans le ventre de certaines femelles, indiquant qu'ils étaient vivipares (pas d'œuf).

La petite histoire ►

Mary Anning (1799-1847) est née dans un village du sud de l'Angleterre. Pour boucler ses fins de mois, son père vendait des fossiles. À sa mort, Mary et son frère suivirent son exemple. Elle découvrit à l'âge de douze ans le premier squelette complet d'ichtyosaure, et quelques années plus tard, les premiers ossements de plésiosaure, puis de nombreux autres fossiles, dont celui d'un ptérosaure. La romancière Tracy Chevalier a écrit sa biographie sous le titre de *Prodigieuses créatures* (2009).

FOSSILE, FOSSILE ! QUI VEUT MES FOSSILES ?

Le saviez-vous ?

La forme de l'ichtyosaure, qui rappelle celle d'un sous-marin, illustre un phénomène appelé convergence morphologique. Il s'agit d'un mécanisme de l'évolution où des contraintes de l'environnement finissent avec le temps par faire se ressembler des animaux de groupes distincts. Ainsi, la forme de poisson et les nageoires sont apparues chez des animaux aussi différents que l'ichtyosaure, le mosasaure (lézard), le manchot (oiseau), les cétacés (mammifères) et le dugong (autre mammifère, cousin de l'éléphant).

QUELLE BANDE DE SALES COPIEURS !

Les ptérosaures

Croisement entre une girafe, une chauve-souris et un avion monoplan de 1909 ? Non. Les ptérosaures (« lézards ailés ») – des sauropsides, comme les ichtyosaures – sont de proches cousins des crocodiles et des dinosaures. Comme ces derniers, certaines de ces machines volantes ont eu la folie du gigantisme.

Crâne d'un ptérosaure Quetzalcoatlus – Crétacé supérieur – Rudyard Museum, Montana (USA) – Envergure de l'animal : 3,7 m

Envergure du géant Quetzalcoatlus northropi, une femme pour l'échelle (de 10 à 14 m de l'extrémité d'une aile à l'autre)

Reconstitution d'un Quetzalcoatlus northropi en position de vie (environ 5 m de haut)

De l'organisme vivant au fossile

Les os du *Quetzalcoatlus* se sont fossilisés de la même manière que ceux des sauropodes et des théropodes.

Les ptérosaures avaient une taille comprise entre celle d'un moineau et celle d'un petit avion. Ils n'étaient pas très lourds. Ils possédaient des os creux, ce qui facilitait le vol plané. Certaines espèces étaient couvertes d'une sorte de pelage. Ils étaient ovipares, comme leurs cousins les dinosaures. Leurs ailes étaient constituées d'une membrane soutenue par un quatrième doigt allongé. Les ptérodactyles forment un sous-groupe de ptérosaures.

La petite histoire ▶

« Hier, en me promenant dans le musée, je tombe en arrêt devant cet oeuf de ptérodactyle vieux de 136 millions d'années, que je connais comme si je l'avais pondu, et je constate qu'il a éclos » dit le professeur Ménard dans *Adèle et la bête* (1976), une BD de Tardi. « Le *pierrodactyle*, il lui a laissé un couteau planté dans l'dos (…) L'bestiau, il a dû lui piquer ses papiers d'identité par la même occasion ! C'est confus tout ça, Léonce, c'est confus ! » se plaint l'inspecteur Caponi.

Le saviez-vous ?

Comment faisait le monstrueux *Quetzalcoatlus northropi* pour s'envoler ? Des simulations informatiques indiquent qu'il courait d'abord à 4, puis à 2 pattes, sur une piste en pente, et décollait en planant. La découverte à Crayssac (46) d'une plage fossile jurassique servant de piste d'atterrissage à de plus petits ptérosaures a permis de comprendre comment ils se posaient. Ils se réceptionnaient sur les pattes arrière, faisaient un bond, puis posaient leurs membres antérieurs sur le sol.

Les fossiles qui ont fait de vieux os

Les grands mammifères

Les mammifères sont des vertébrés apparus au jurassique. Ils se caractérisent par la présence de glandes mammaires, qui produisent du lait. Il y a trois grands groupes actuels : les monotrèmes, qui pondent des œufs (ornithorynque et échidné), les marsupiaux (à poche, comme le kangourou) et les placentaires, incluant – entre autres – le mammouth et l'homme.

0   10 cm

Fragment de mandibule d'un mammouth des steppes (Elephas trogontherii), Noailles (19) – Quaternaire (-400 000 – -300 000 ans) – Département des sciences de la Terre, université de Brest

Reconstitution d'un mammouth (grenat) et d'un baluchithère (vert), une femme pour l'échelle

De l'organisme vivant au fossile

La mandibule de mammouth présentée a été fossilisée dans une grotte (le gouffre de la Fage), associée à des ossements d'ours, d'éléphants, de cerfs, etc. Des mammouths congelés ont été découverts en Sibérie. Une fois dégelée, la chair de certains d'entre eux a été dévorée par des loups.

50

◄ Tranches de vie

Les mammouths sont de proches cousins des éléphants. Comme eux, ils possédaient des molaires à crêtes transversales en forme de lamelles, une morphologie facilitant la mastication des plantes. Les défenses – incisives supérieures – étaient recourbées et pouvaient dépasser une longueur de 4 m. Les tout derniers mammouths vivaient sur une île sibérienne. Cette communauté isolée a disparu il y a seulement 3 700 ans, peut-être à cause d'une tempête ou d'une maladie.

La petite histoire ►

Le mot « mammouth » a été rapporté par le néerlandais Nicolas Witsen d'un voyage en Sibérie au XVIIᵉ siècle. Le terme signifie « rat de terre » ou bien « corne dans la terre ». On peut rapprocher cette étymologie d'une légende chinoise, selon laquelle il existerait dans les entrailles souterraines des contrées du Nord un animal mystérieux ne supportant pas les rayons du soleil. Il ressemblerait à une souris, mais aurait la taille d'un buffle. Ses os sortiraient au dégel des sols.

Le saviez-vous ?

Le mammouth n'est pas le plus grand mammifère de tous les temps. Il est dépassé en mer par la baleine et l'a été sur terre par le baluchithère. Ce dernier est un cousin du rhinocéros, dépourvu de corne, qui vivait au Pakistan il y a une trentaine de millions d'années. Il mesurait 10 mètres de long et pouvait atteindre une masse de plus de 15 tonnes. Dans le célèbre documentaire de la BBC *Sur la Terre des monstres disparus*, on peut voir deux mâles se battre à coups de tête.

L'homme

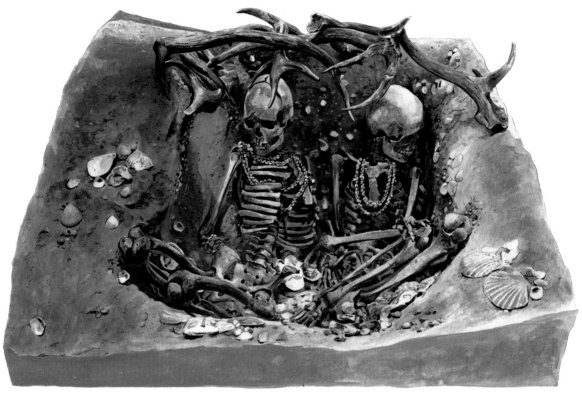

L'homme est un primate, génétiquement très proche des chimpanzés. Le genre *Homo* est apparu en Afrique vers ⁻2,6 millions d'années, événement qui marque le début de l'ère quaternaire. Quant à l'homme moderne, qui correspond à l'espèce *sapiens* de ce genre, il est apparu vers ⁻200 000 ans.

Sépulture de l'île de Téviec (56) – Quaternaire récent (entre 7 000 et 5 500 avant le présent) – Muséum de Toulouse

Des organismes vivants aux fossiles

Les os de Téviec ne sont-ils pas trop récents pour être nommés fossiles ? Il est vrai que le processus de fossilisation des anciens êtres vivants du quaternaire est en général incomplet, leurs restes n'étant que partiellement recristallisés et minéralisés. On parle alors de « subfossiles ». Les squelettes de Téviec ont été préservés de l'acidité du sol par un lit de coquillages calcaires.

◄ Tranches de vie

La sépulture de la petite île de Téviec, près de Quiberon, a été découverte en 1928 par un couple d'archéologues. Elle a été restaurée en 2010. Il s'agit de deux femmes d'une trentaine d'années, reposant dans un nid de coquillages, sous une voûte formée par des bois de cerfs. Le mobilier funéraire comprend des silex et des stylets en os de sanglier. Les squelettes portent des bracelets et des colliers de coquillages. Elles vivaient à la fin de l'époque des chasseurs-cueilleurs nomades.

La petite histoire ►

23 individus ont été exhumés à Téviec, dont de nombreux enfants. Mais l'émerveillement devant le soin apporté aux sépultures s'est évanoui après la découverte d'un grand nombre de pointes de flèches dans les squelettes. De plus, un examen attentif des deux femmes a révélé des impacts de coups mortels. Il s'agit donc d'un massacre. Mais alors, pourquoi a-t-on enterré les victimes avec une telle application ? Est-ce l'œuvre des agresseurs ou de leurs proches ? Fascinant mystère…

Le saviez-vous ?

Les ossements humains du quaternaire sont étudiés par des archéologues (« science de l'ancien », étymologiquement). Ces chercheurs s'intéressent aux civilisations humaines depuis la préhistoire jusqu'à l'époque contemporaine, à travers l'examen de leurs traces matérielles (squelettes, outils, pièces de monnaie, bijoux, etc.). Les fossiles de plantes ou d'animaux disparus, généralement bien plus vieux, sont l'affaire des paléontologues (« science de la vie du passé »).

Les fossiles qui végétaient

Grâce au grand livre de la Terre, on peut suivre, page après page, l'évolution des végétaux sur les continents depuis un milliard d'années, lorsqu'ils sont apparus en eau douce. La colonisation de la terre ferme, entamée à l'ordovicien, s'est développée au dévonien. Puis les plantes ont eu elles aussi leur époque de gigantisme, au carbonifère, avant que ne s'envole, beaucoup plus tard, la première feuille d'angiosperme. C'est émouvant.

La flore du dévonien

Les premières plantes aériennes datent de l'ordovicien, mais c'est au dévonien que la colonisation du milieu terrestre a pris de l'ampleur. Les lycophytes sont apparus à cette époque. Ce sont des plantes vasculaires (présence de vaisseaux où circule la sève) possédant un rhizome (partie souterraine de la tige) et de petites feuilles à une seule nervure, dont certaines portent un sporange (sac contenant des semences ou spores).

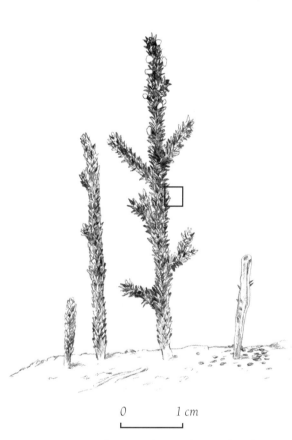

Reconstitution d'Asteroxylon mackiei, un lycophyte primitif du Dévonien inférieur

Détail d'Asteroxylon – Rhynie (Écosse)

De l'organisme vivant au fossile

Les plantes du site de Rhynie se sont fossilisées dans un ancien marécage envahi par des eaux thermales. La matière organique a été progressivement remplacée par de la silice. La qualité de la conservation est telle qu'on peut étudier les cellules des plantes en 3D.

De même que les fougères et les prêles, les lycophytes ont des racines, mais ni graines (contrairement aux conifères et aux angiospermes) ni fleurs (caractéristiques des seules angiospermes). La reproduction se fait par dispersion de spores. Les lycophytes du début du dévonien étaient confinés aux milieux humides, afin que les cellules sexuelles mâles flagellées puissent nager vers les femelles. Cette flore basse abritait des arthropodes : mille-pattes, scorpions, premiers insectes.

La petite histoire ▶

Le célèbre site de Rhynie n'est qu'un simple champ à l'extérieur du village du même nom. Il a été découvert en 1912 par un géologue amateur, William Mackie. Celui-ci a aussitôt fait appel à un collègue pour creuser une tranchée afin de recueillir une collection de fossiles. Les plantes et les arthropodes silicifiés ont été décrits entre 1917 et 1920. Après un long temps d'oubli, l'intérêt pour le site fut réveillé par la découverte à la fin des années 1950 de fossiles de spores germées.

Le saviez-vous ?

Les continents au début du dévonien n'avaient pas du tout la même disposition qu'actuellement. L'Europe du Nord était une immense chaîne de montagne et la France, une mer semée de quelques îlots et d'une grande île, formant à présent le nord de la Bretagne et le Cotentin. La pauvre couverture végétale n'habillait que les rivages et les cours d'eau. Il faisait chaud. On n'y pense pas, mais c'était surtout un monde de silence, que seuls les caprices du vent et de la pluie troublaient.

Les forêts du carbonifère

Les premières forêts datent du dévonien supérieur. Mais c'est au carbonifère qu'elles se sont développées. Il en reste des témoins : les *gisements de charbon*.

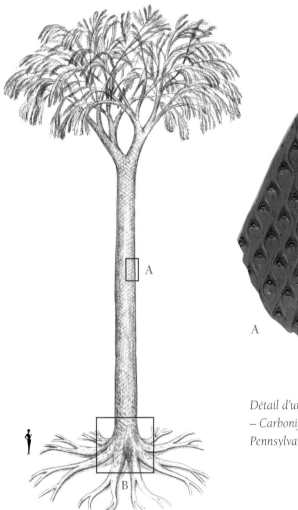

Reconstitution d'un lépidodendron, une femme pour l'échelle. A et B : emplacement respectif des dessins d'écorce et de souche

0   2 cm

Détail d'une écorce de lépidodendron – Carbonifère – State Museum of Pennsylvania (États-Unis)

0   50 cm

Souches de lépidodendrons en place, Fossil Grove, Glasgow (Écosse) – Carbonifère

Des organismes vivants aux fossiles

Les plantes du carbonifère se sont généralement fossilisées sous forme de charbon. Cependant, les souches de Fossil Grove sont des moulages dans du grès.

◄ Tranches de vie

Les lépidodendrons (« arbre à écailles ») sont des lycophytes géants. Leur hauteur pouvait dépasser 30 m et le diamètre des troncs excéder 2 m. Chaque losange sur l'écorce correspond à la cicatrice d'une petite feuille à structure très simple. Les forêts carbonifères, caractéristiques des zones chaudes et humides entre les tropiques, étaient également composées de prêles, de fougères et des premiers arbres à graines, dont dérivent les conifères actuels.

La petite histoire ►

L'illustrateur londonien Susumu Mukai est l'auteur de l'exposition d'art Animas. Un groupe de personnes plonge dans le carbonifère, à la recherche d'une mystérieuse civilisation. À son contact, les explorateurs entament une « rétro-évolution », c'est-à-dire qu'ils se transforment en hommes préhistoriques. Les dessins de l'artiste sont censés illustrer le reportage transmis par ces voyageurs psycho-temporels. À voir sur Internet. C'est bluffant et il y a plein de lépidodendrons !

Le saviez-vous ?

Le charbon mature (houille et anthracite) correspond à des roches riches en carbone, provenant de la transformation des arbres du carbonifère après enfouissement. On ne trouve pratiquement pas de houille plus jeune que 290 millions d'années (début du permien). À cette époque, sont apparus des champignons capables de décomposer le bois, ce que les microorganismes du carbonifère ne savaient pas faire. Le piégeage massif de carbone a fait croître le taux d'oxygène dans l'atmosphère.

Les diatomées

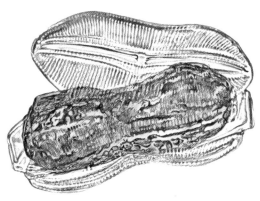

Diatomée pennée actuelle à coque ouverte –
Longueur : 20-40 micromètres

Les diatomées sont des algues à une seule cellule enfermée dans une coque siliceuse en opale, formée de deux valves emboîtées. Ces organismes sont présents dans tous les milieux aquatiques. Apparues au jurassique, les diatomées sont un élément important du plancton végétal (phytoplancton).

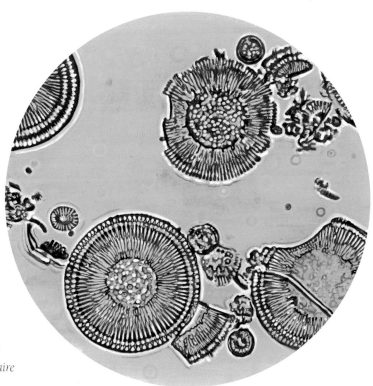

Valves de la diatomée centrique Cyclotella iris
vues au microscope, Rochessauve (07) – Tertiaire
(-8/-6 millions d'années) – Diamètre : 15-30
micromètres

Des organismes vivants aux fossiles

Les coques de diatomées peuvent s'accumuler pour former au fond des lacs un sédiment clair, qui, une fois consolidé, donnera naissance à une roche légère et poreuse : la diatomite. Ce milieu siliceux et acide étant stérile, les êtres vivants qui y meurent ne sont pas putréfiés et se momifient (préservation de la peau, des poils, etc.).

◀ Tranches de vie

Les diatomées dites centriques ont une coque en forme de disque ou de cylindre. Elles restent généralement en suspension dans l'eau. Les pennées, qui vivent sur le fond, ont une coque allongée. Certaines diatomées pennées peuvent se déplacer de manière autonome sur leur support. L'écoulement d'un liquide visqueux par une fente dans la coque leur permet en effet de progresser à une vitesse de 5 à 8 cm/h, dans le sens inverse de l'épanchement.

La petite histoire ▶

Un passionné de paléontologie a créé un musée à La Voulte-sur-Rhône (07), où sont réunis des fossiles de vertébrés momifiés dans les diatomites d'Ardèche. On peut y voir une femelle hipparion (ancêtre du cheval) avec son fœtus, deux effrayants sangliers, des rats et des lièvres. Il existe cinq milieux de momification naturelle autres que la diatomite : l'ambre (résine fossile), la glace, le bitume (hydrocarbure), la tourbe (premier stade du charbon) et le sel.

Le saviez-vous ?

La diatomite est un matériau très utile. Son usage principal est la filtration des eaux de piscine, du vin et de la bière. On s'en sert également comme abrasif dans les pâtes dentifrices. La diatomite permet aussi de stabiliser la nitroglycérine dans la dynamite. Enfin, l'agriculture biologique en fait un pesticide propre, en tirant profit du fait qu'une ingestion de diatomite par les insectes les tue en provoquant des lésions de leur appareil digestif.

Les feuilles des lacs volcaniques tertiaires

0   2 cm

Feuille de hêtre (Fagus sylvatica), Ayrens
(15) – Tertiaire (-3,6/-2,6 millions d'années)
– Muséum de Toulouse

Les régions volcaniques sont des endroits privilégiés pour découvrir des feuilles d'arbres fossiles parfaitement conservées. On les trouve dans les diatomites ou les dépôts de cendres volcaniques, accumulés au fond d'anciens lacs de cratère ou de barrage.

Feuille d'érable (Acer), Murat (15) – Tertiaire
(-5 millions d'années) – Département des
sciences de la Terre, université de Brest

0   1 cm

Des organismes vivants aux fossiles

La feuille d'érable provient d'un gisement de diatomite qui se présente sous la forme d'une succession de lits fins annuels, entre lesquels les feuilles se sont conservées comme entre les pages d'un herbier. La feuille de hêtre d'Ayrens s'est fossilisée dans de la cendre volcanique également déposée dans un lac.

◄ Tranches de vie

Il y a 5 millions d'années, le climat du Cantal était plus froid qu'actuellement. Il devait geler plus de la moitié de l'année. Les zones basses étaient couvertes d'une forêt dominée par les chênes, les hêtres, les charmes, les érables et les bouleaux. Les lacs étaient bordés d'aulnes et de roseaux. Les conifères occupaient les pentes du volcan, qui était encore épisodiquement actif. Entre ces arbres, dans la lueur des éruptions, volaient des libellules de 70 cm d'envergure.

La petite histoire ►

La fossilisation, c'est une feuille de hêtre se figeant pour l'éternité entre les pages cendreuses du grand herbier volcanique. Ce peut être aussi les mots d'un poème nomade qui surfe sur le grand réseau mondial, avant de se déposer, hasard du voyage, sur la page que tu lis : *La feuille de hêtre / épouse la pierre / dans l'espoir infini / de devenir fossile / le temps se contracte / le temps se dilate / dans le désir insolent / de se contredire* (Didier Falleur).

Le saviez-vous ?

Au pied du volcan, ce jour-là, les arbres faisaient leur strip-tease. Une harde de cerfs observait, peut-être, la feuille d'érable tournoyant dans le vent d'automne. Irait-elle à droite ? À gauche ? Elle finit par se poser sur la surface du lac, avant de rejoindre au fond les diatomées qui s'y accumulaient lentement. Un niveau clair pour la belle saison, un niveau noir riche en matière organique quand arrivait l'automne, 0,3 cm pour un an : une pile de diatomites, c'est un calendrier !

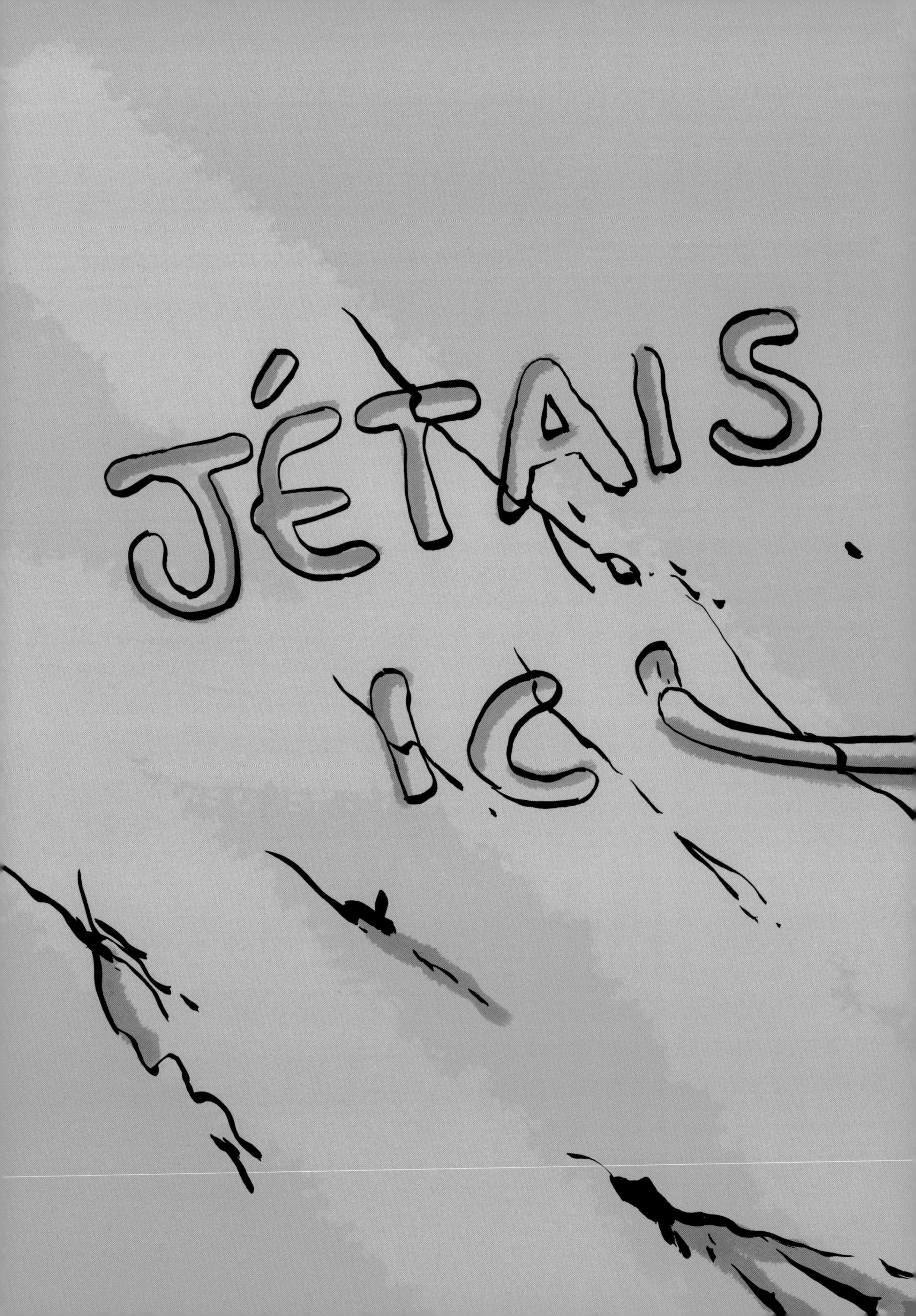
J'ÉTAIS
ICI

Les fossiles qui imprimaient

Nous allons à présent aborder une catégorie très spéciale de fossiles. Il ne sera plus question de moulages de coquilles, d'ossements minéralisés ou de momification, mais de traces de déplacement. Découvrir des galeries de fouissement ou des empreintes de pas faits dans une vase détrempée, plusieurs millions d'années après que la boue a séché, ça vaut le coup d'œil, non ?

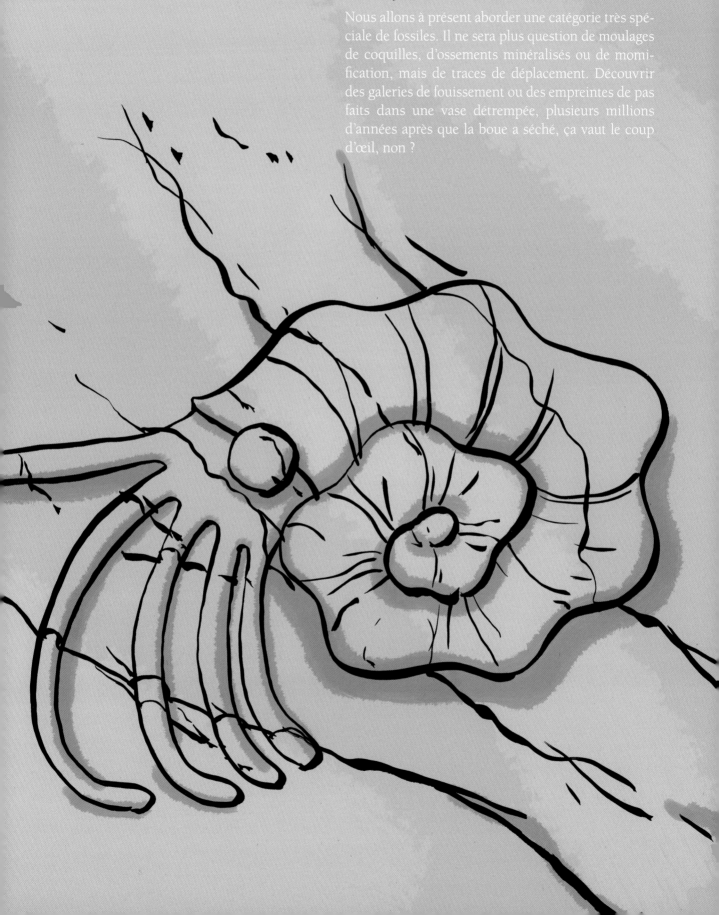

Les galeries d'annélides

Les traces fossilisées d'activité biologique portent le nom d'**ichnofossiles**. On ne connaît avec certitude l'espèce responsable d'une empreinte que lorsqu'on retrouve l'animal fossilisé à l'extrémité, ce qui est rare. Les terriers de fouissement ou de nutrition de vers sont tellement nombreux dans certains grès de l'ère primaire qu'ils déforment complètement les couches.

Galeries de nutrition d'animaux marins en forme de vers, probablement des annélides (Arthrophycus), Camaret (29) – Ordovicien

Des organismes vivants aux fossiles

Les animaux ont creusé dans de la vase de plage des terriers qu'une arrivée de sable a remplis. Puis la sédimentation s'est poursuivie et le sable s'est peu à peu transformé en grès. Les fossiles de galeries sont donc à présent en relief à la base d'une couche de grès. Il s'agit du moulage des marques qui étaient en creux à la surface de la couche argileuse (ancienne vase) située dessous, que l'érosion a fait disparaître. (Mais si, c'est clair ! Relis, tu comprendras !)

◄ Tranches de vie

Les structures de Camaret sont des tubes courbes superposés, de 2 à 3 cm de diamètre, parallèles à la surface de la couche sédimentaire. Ces fossiles sont probablement d'anciennes galeries d'alimentation d'annélides limivores (c'est-à-dire qui avalent de la vase pour se nourrir des substances organiques qui s'y trouvent). Les annélides sont des vers en anneaux apparus au cambrien. Parmi les formes actuelles, on peut citer le lombric, l'arénicole (ver de vase) et la sangsue.

La petite histoire ►

Au début du XIXe siècle, les traces fossiles d'activité animale n'étaient pas comprises. Certaines étaient affublées du nom d'espèce *problematicum,* ce qui montre la perplexité des paléontologues de l'époque ; d'autres étaient vues comme d'anciennes algues. C'est le Suédois Alfred Nathorst qui résolut le mystère en 1873 en faisant se déplacer divers animaux sur une plage et en y traînant des objets, afin de tenter de reconstituer les formes fossiles. Les dames à ombrelle ont dû se moquer de lui…

Le saviez-vous ?

Les terriers fossiles les plus courants sont les galeries horizontales et les tubes d'habitation verticaux, parfois en forme de « U » avec une entrée et une sortie, comme ceux des arénicoles actuelles. D'autres ichnofossiles, instantanés de vie : les traces de fuite. Ce sont des galeries verticales rapidement creusées par des vers après une tempête en mer peu profonde. Soudain ensevelies sous une couche de sable, les bestioles se sont hâtées de la traverser pour rejoindre le fond de l'eau.

Les pistes d'arthropodes

Les arthropodes sont à l'origine de différents types de pistes fossiles : marques de fouissement ou empreintes de pas parallèles, avec parfois un sillon central tracé par la queue. L'écartement des pistes et la longueur des marques peuvent donner des indications sur la vitesse de déplacement de l'animal.

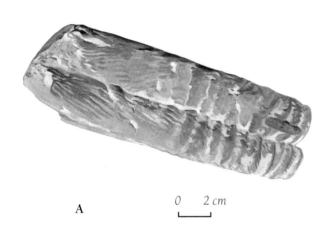

A

0   2 cm

Trace bilobée profonde d'arthropode (trilobite ?), Châteaubriant (44) – Ordovicien – Département des sciences de la Terre, université de Brest

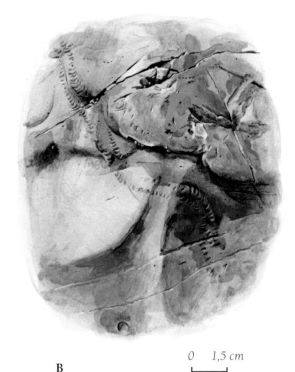

B

0   1,5 cm

Piste d'arthropode (trilobite ?) sur des rides de plage fossilisées, Camaret (29) – Ordovicien

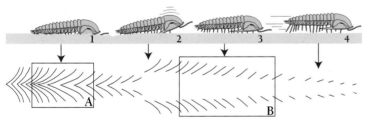

Schéma montrant les différents types de pistes que pouvait produire un trilobite, en fonction de l'enfouissement et de la rapidité du déplacement. A : trace bilobée ; B : piste correspondant au deuxième dessin

Des organismes vivants aux fossiles

La trace bilobée présentée est un moulage dans du grès, c'est-à-dire que tout ce qui est en relief doit être imaginé en creux, au contraire de la piste sur les rides de courant (également en grès), fossilisée en « positif ».

OH REGARDE ! UN TRILOBITE À 4 LOBES !

ÇA PORTE CHANCE !!

◄ Tranches de vie

Le nom de « trilobite » vient des trois longs lobes parallèles et segmentés qui constituent leur thorax, entre la tête et la queue. Ces arthropodes ont laissé de très nombreux fossiles de mues et de pistes dans les roches de l'ère primaire, avant de disparaître lors de la crise du permien-trias. Ils possédaient des yeux à facettes, comme les insectes actuels. La plupart des trilobites vivaient sur le fond de la mer et se nourrissaient probablement de vers.

La petite histoire ►

La « Calotte rouge » était le nom donné à un être légendaire du Vaudobin (Bailleul, 61), un « fé » qui cachait ses cornes sous un bonnet écarlate. Il faisait paître ses bœufs la nuit. Et passait le temps en tapant sur une roche avec sa canne. Soudain, surgit un paysan. Le fé s'enfuit, ses bêtes avec lui. On voit encore sur la pierre la marque des sabots et de la canne. Les paléontologues qui n'aiment pas les contes disent : « Ce sont des traces d'arthropodes fossiles ! » Ah ! Les incrédules !

Le saviez-vous ?

Les traces bilobées ou à deux lobes, qu'on appelle encore « bilobites », sont interprétées comme d'anciennes pistes de trilobites qui ont creusé le sol meuble sous-marin pour y chercher de la nourriture. Chacun des lobes correspond à un sillon laissé par un rang de pattes, dont le mouvement est également à l'origine des stries qui les ornent. Les célèbres « pas de bœufs » du Vaudobin sont des bilobites courtes et profondes, ressemblant à des empreintes de sabots.

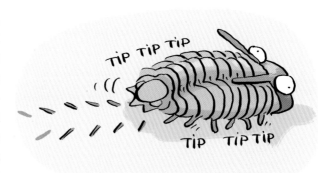

TIP TIP TIP

TIP TIP TIP

Les empreintes de dinosaures

0   1 m

Tout a débuté en 2002 par un projet d'autoroute. Les travaux de la Transjurane (A16), entre les villages suisses de Courtedoux et de Porrentruy (Canton du Jura), ont permis de mettre au jour plusieurs niveaux calcaires portant des empreintes fossiles vieilles de 152 millions d'années, témoignant du passage de troupeaux de sauropodes et de théropodes. En 2008, plus de 4400 traces de dinosaures avaient été trouvées dans un périmètre de 2 km².

Traces laissées par le passage d'un troupeau de sauropodes, site de Béchat Bovais, Courtedoux (Suisse) – Jurassique

Sculpture de diplodocus au giratoire de Porrentruy (Suisse), surmonté par des oiseaux, qui lui font les épines dorsales – Œuvre d'Hervé Bénard

Des organismes vivants aux fossiles

Les dinosaures se sont déplacés sur un ancien terrain vaseux, près d'une mer tropicale. Le sédiment fin a durci, puis a été recouvert par les eaux qui ont déposé par-dessus de nouvelles couches de calcaire.

◀ Tranches de vie

Les empreintes des pieds antérieurs des sau-ropodes sont plus petites que celles des pattes arrière. Les sauropodes vivaient en troupeaux. Chez beaucoup d'espèces, les jeunes formaient des groupes séparés des adultes (comme… les adolescents chez les humains). Cela était pro-bablement dû à des régimes alimentaires diffé-rents (encore pareil chez nous). Ces sauropodes adultes ne devaient pas s'occuper longtemps de leurs petits (pas de « Tanguy » chez eux : là, il y a une grosse différence…).

La petite histoire ▶

La vallée de la Paluxy River, au Texas (États-Unis), regorge de traces fossiles de théropodes, dont certaines, érodées, ressemblent vaguement à des empreintes humaines. Ce constat donna l'idée à un certain George Adams de sculpter sur des plaques rocheuses des marques de pieds humains associées à des traces de dinosaures, puis de les vendre en prétendant qu'il s'agissait de vrais fossiles. On était dans les années 1930, la crise économique faisait des ravages. Tout était bon pour se faire de l'argent.

Le saviez-vous ?

Dans le mouvement créationniste, qui nie l'évolution, une branche prétend que la Terre est jeune. Pour démontrer que des hommes ont coexisté avec les grands dinosaures, ses adeptes présentent des photos de fausses traces fossiles, comme celles fabriquées par Georges Adams, ou d'autres, réelles, transformées par l'érosion. Attention aux charlatans du Net ! Le créationnisme est une imposture : si l'évolution n'existait pas, la sélection des plantes cultivées ne serait pas possible.

Les traces de pas d'australopithèques

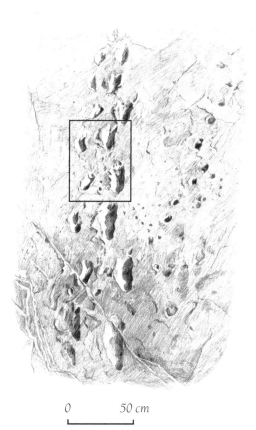

0   50 cm

Plan large des pistes d'australopithèques de Laetoli (Tanzanie), recoupées par des traces d'herbivores – Le rectangle indique la localisation du zoom.

Traces de pas d'australopithèques (détail) – Tertiaire (-3,6 millions d'années)

Reconstitution d'un australopithèque femelle (Australopithecus afarensis), une femme pour l'échelle

Un groupe de marcheurs qui foulent des cendres volcaniques, il y a presque 4 millions d'années : le plus ancien témoignage direct de bipédie ne concerne pas des hommes mais des australopithèques. Ces hominiens ont vécu en Afrique entre -4,2 et -1,2 millions d'années.

Des organismes vivants aux fossiles

Les empreintes ont été faites dans une couche de cendres volcaniques, déposées peu de temps avant le passage des australopithèques et des herbivores. Une averse a cimenté les particules volcaniques, qui ont ensuite été recouvertes et protégées par d'autres niveaux de cendres.

Tranches de vie

Les australopithèques sont nos proches cousins. Ils font partie comme nous des hominines, qui, avec les panines (chimpanzés), forment le groupe des hominiens (ou *hominini*). L'étude des traces de Laetoli a montré que c'est l'avant du pied qui dirigeait la marche, ce qui implique que les australopithèques se tenaient droits et non courbés comme les grands singes actuels. Le fait que le gros orteil était éloigné des autres doigts indique qu'ils étaient aussi d'excellents grimpeurs.

La petite histoire ▶

Les traces de pas de Laetoli ont été mises au jour en 1978, au cours d'une mission dirigée par la spécialiste des hominiens fossiles (ou paléoanthropologue) Mary Leakey (1913-1996). Les circonstances de la découverte sont cocasses. Lors d'une pause, faute de boules de neige, les scientifiques faisaient une joyeuse bataille de… bouses d'éléphant ! Mort de rire, l'un d'eux a trébuché sur une empreinte fossile, ce qui l'a partiellement déterrée. Qui a dit que la science était triste ?

Le saviez-vous ?

Le site de Laetoli, enterré pour sa protection, a été provisoirement remis au jour en 2011 et réétudié. Selon l'interprétation classique, les empreintes auraient été laissées par un couple et un enfant, ce dernier posant ses pieds dans les traces de l'un des parents pour former la piste multiple de droite. Les nouvelles études ont montré qu'en fait il s'agirait plutôt d'une piste triple et d'une simple, formées par quatre australopithèques de même taille. Adieu la famille idéale.

Les fossiles qui luttaient

Nous allons achever ce survol de la vie des temps passés par des fossiles spectaculaires, qui témoignent des luttes acharnées que devaient mener les animaux pour survivre. Les proies sont chassées par des prédateurs depuis le cambrien, lorsque les trilobites fuyaient les monstrueux anomalocaris. À l'ère secondaire, les mosasaures coursaient les ammonites dans les océans, tandis que sur les continents, les dinosaures s'entretuaient…

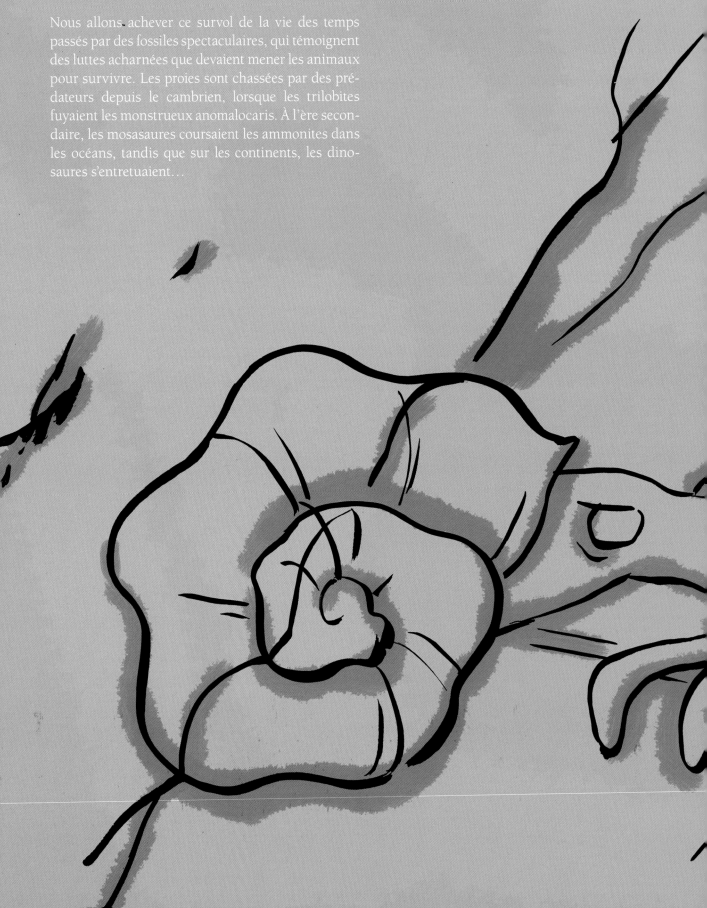

Trilobite versus anomalocaris

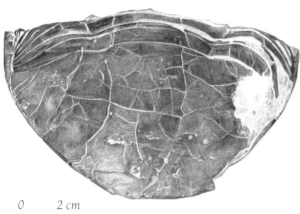

0   2 cm

Queue du trilobite géant Isotelus maximus, montrant une marque de morsure, probablement due à l'attaque d'un anomalocaris, site de Flat Run, Ohio (États-Unis) – Ordovicien – Ohio State University, Newark (États-Unis)

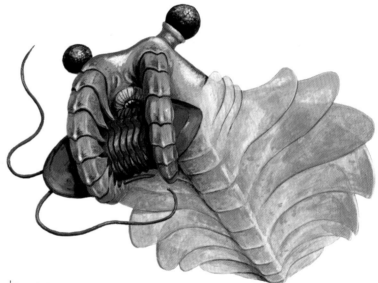

L'anomalocaris était le prédateur géant des mers cambriennes et ordoviciennes. Cet arthropode pouvait atteindre une longueur de 2 m. Il adorait le trilobite comme plat de résistance, ainsi qu'en témoignent les traces de morsures qui balafrent certains fossiles.

Reconstitution d'une attaque d'anomalocaris contre un trilobite Isotelus

De l'organisme vivant au fossile

L'environnement de fossilisation était un calcaire boueux déposé en eau peu profonde. Le trilobite mordu a été fossilisé enroulé sur lui-même, ce qui est souvent le cas. Est-ce la morsure qui fut responsable de sa mort ? Trop tard pour mener l'enquête…

◄ Tranches de vie

L'anomalocaris se déplaçait en faisant onduler ses lobes latéraux flexibles. Sa carapace articulée n'était pas rigide, au contraire de la plupart des arthropodes qu'il chassait. Il devait se servir de ses longs appendices buccaux pour amener la proie à sa bouche, qu'il « mordait » ensuite en resserrant les plaques tranchantes de l'orifice circulaire. On a retrouvé des crottes fossilisées attribuées à des anomalocaris contenant des fragments de trilobites.

La petite histoire ►

Les premières reliques d'anomalocaris ont été découvertes au Canada en 1892 par Joseph F. Whiteaves, près du fameux site de Burgess. Il s'agissait de fragments buccaux isolés. Comme ils étaient beaucoup plus durs que le corps, ils se fossilisaient bien mieux. Les appendices buccaux ont d'abord été interprétés comme des crustacés, d'où le nom donné à l'animal, qui signifie : « crevette bizarre ». L'erreur s'est reproduite plus tard, quand la bouche circulaire a été prise pour une méduse.

Le saviez-vous ?

La capacité de l'anomalocaris à s'attaquer à des proies possédant des carapaces dures a été mise en doute, malgré les traces de morsure sur des trilobites fossilisés, qui ressemblent à la forme de sa bouche. Mais une découverte récente a confirmé qu'il s'agissait bien d'un super-prédateur. On a trouvé en Australie des fossiles d'yeux composés d'anomalocaris comportant 16 000 facettes (les mouches n'en possèdent que 3 000), ce qui prouve qu'il avait une excellente vue adaptée à la chasse.

Ammonite versus mosasaure

Ammonite Placenticeras meeki, dont la coquille montre des traces de dents, probablement dues à une morsure de mosasaure – Sud de l'Alberta (Canada) – Crétacé – Royal Tyrrell Museum

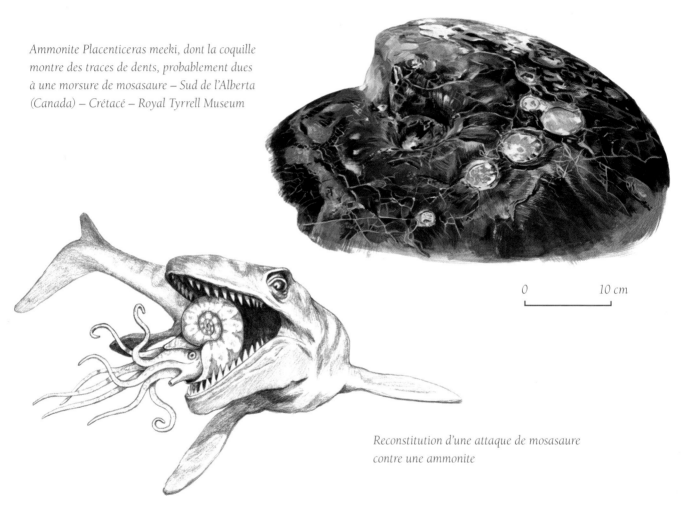

0   10 cm

Reconstitution d'une attaque de mosasaure contre une ammonite

Le mosasaure était un redoutable lézard marin, dont la longueur pouvait dépasser 15 m. Son nom, qui veut dire « lézard de la Meuse », vient du fait que le premier fossile a été découvert en 1780 dans la ville néerlandaise de Maastricht, arrosée par ce fleuve. Les ammonites étaient leur régal.

De l'organisme vivant au fossile

Le fossile de *Placenticeras* est constitué d'un matériau unique au monde, qu'on appelle ammolite. C'est une gemme irisée, une pierre fine en aragonite qu'on ne trouve qu'à l'est des montagnes Rocheuses. Les conditions de fossilisation ont partiellement préservé la nacre de la coquille.

À la fin du crétacé, après la disparition des ichtyosaures, les mosasaures devinrent les plus redoutables prédateurs des océans. Leurs longues mâchoires effilées, armées de dents pointues, pouvaient s'ouvrir très largement, ce qui leur permettait d'avaler de grosses proies. Au même titre que le dauphin, le mosasaure constitue un bon exemple de réadaptation d'un groupe de vertébrés terrestres à la vie aquatique au cours de l'évolution.

La petite histoire ►

L'ammolite, caractéristique exclusive des fossiles nord-américains de *Placenticeras*, se présente sous la forme d'une mince couche de moins d'un millimètre d'épaisseur. Elle est la gemme officielle de la province canadienne de l'Alberta, où seul un gisement est exploité pour la joaillerie. La tribu amérindienne des Pieds-Noirs (Blackfoot) considérait l'ammolite comme une pierre sacrée. Elle aurait eu le pouvoir d'attirer les bisons et donc d'éloigner la famine.

Le saviez-vous ?

Une étude de 2010 de la composition chimique des dents de mosasaure a montré que ces animaux étaient capables de maintenir constante leur température corporelle, entre 35 et 39°C, que l'environnement soit tropical ou froid. Ceci est également vrai pour les autres grands sauropsides marins (ichtyosaures et plésiosaures) et terrestres (dinosaures et ptérosaures). Les mosasaures étaient donc des prédateurs à sang chaud, ce qui leur permettait de nager rapidement sur de grandes distances.

Protocératops versus vélociraptor

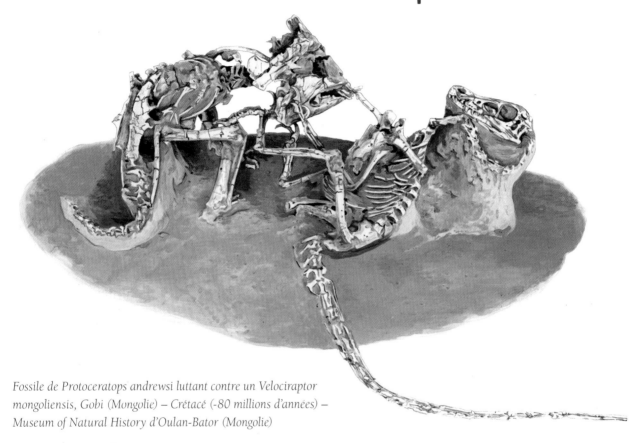

Fossile de Protoceratops andrewsi luttant contre un Velociraptor mongoliensis, Gobi (Mongolie) – Crétacé (-80 millions d'années) – Museum of Natural History d'Oulan-Bator (Mongolie)

Reconstitution d'un protocératops et d'un vélociraptor, une femme pour l'échelle

Et, pour finir, sans doute le plus célèbre fossile mondial : deux dinosaures figés en position de combat ! Découvert en 1971 dans le désert de Gobi par une équipe scientifique polono-mongole, cet extraordinaire ensemble montre un protocératops (petit dinosaure ornithischien herbivore, doté d'une sorte de bec et d'une large collerette) aux prises avec un vélociraptor. Cette pièce unique est considérée en Mongolie comme un trésor national.

Des organismes vivants à l'ensemble fossilisé

Les deux dinosaures ont semble-t-il été figés en position de combat par la chute d'une dune de sable.

◄ Tranches de vie

Le protocératops, fossilisé dans une posture semi-redressée, serre dans son bec l'une des pattes antérieures du prédateur. Celui-ci lui lacère la gorge avec la grande griffe de son membre postérieur gauche. Il semble donc que le vélociraptor utilisait sa redoutable « faucille » pour trancher un organe vital du cou, plutôt que pour lacérer l'abdomen de sa victime, comme on le croyait. De nouvelles découvertes en Chine indiquent que le vélociraptor se comportait parfois aussi en charognard.

Deux petites histoires ►

Cet ensemble fossilisé a été exposé dans plusieurs musées, il a fait l'objet de nombreuses illustrations et a été dupliqué en 3D, il a servi de modèle à des jouets en plastique et le combat a été reconstitué en vidéo.

L'historienne Adrienne Mayor a suggéré de manière convaincante que le *griffon* de la mythologie grecque – sorte de lion à bec, parfois ailé – a été imaginé à la suite de la découverte de fossiles de protocératops par des nomades d'Asie centrale dans l'Antiquité.

Le saviez-vous ?

Dans le Nebraska (USA), deux crânes de mammouths aux défenses emmêlées ont été exhumés en 1962. Un fossile crétacé du Brésil, mis en vente en 2009, montre deux poissons parfaitement préservés, le prédateur à l'impressionnante denture happant sa proie par la tête (référence en dernière page). Toujours au crétacé, une araignée sur le point d'attaquer une guêpe sur sa toile a été piégée dans de la résine. La scène se voit en transparence dans un morceau d'ambre du Myanmar. Étonnant, non ?

Échelle des temps géologiques

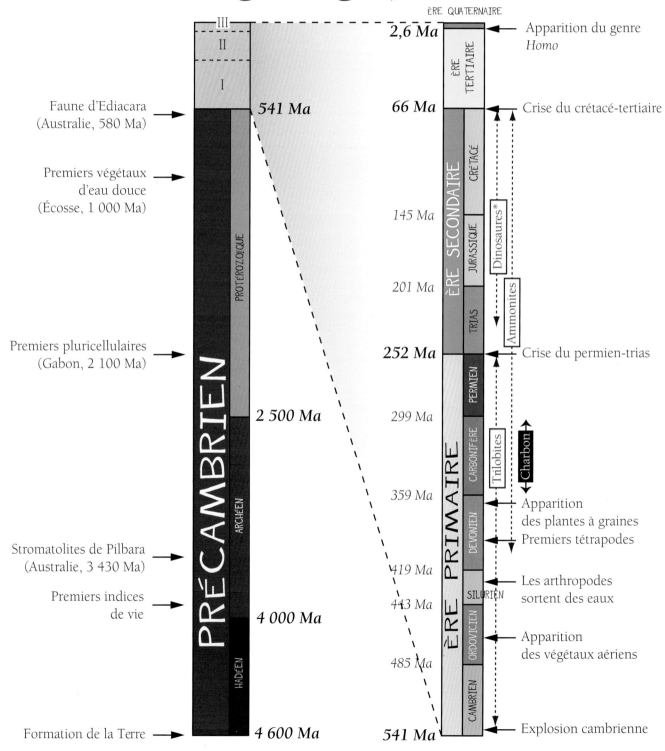

ÈRE QUATERNAIRE

2,6 Ma ← Apparition du genre *Homo*

ÈRE TERTIAIRE

Faune d'Ediacara (Australie, 580 Ma) →

541 Ma

66 Ma ← Crise du crétacé-tertiaire

Premiers végétaux d'eau douce (Écosse, 1 000 Ma) →

ÈRE SECONDAIRE

CRÉTACÉ

145 Ma

JURASSIQUE

201 Ma

TRIAS

Dinosaures*

Ammonites

PROTÉROZOÏQUE

Premiers pluricellulaires (Gabon, 2 100 Ma) →

252 Ma ← Crise du permien-trias

PERMIEN

2 500 Ma

299 Ma

CARBONIFÈRE

Trilobites

Charbon

ARCHÉEN

359 Ma ← Apparition des plantes à graines

DÉVONIEN

← Premiers tétrapodes

PRÉCAMBRIEN

ÈRE PRIMAIRE

419 Ma

SILURIEN

← Les arthropodes sortent des eaux

Stromatolites de Pilbara (Australie, 3 430 Ma) →

443 Ma

ORDOVICIEN

← Apparition des végétaux aériens

Premiers indices de vie →

4 000 Ma

485 Ma

HADÉEN

CAMBRIEN

Formation de la Terre → **4 600 Ma**

541 Ma ← Explosion cambrienne

(Ma = millions d'années)

* : Disparition des dinosaures à la fin du crétacé, à l'exception des oiseaux

82

Glossaire

Angiosperme (n.f.) : plante à graines et à fleurs, dont l'ovule, une fois fécondée, se transforme en fruit. Le groupe, apparu au cours de l'ère secondaire, n'inclut pas les algues, les mousses, les lycophytes, les fougères et les conifères.

Bipède (n.m. et adj.) : animal qui marche sur deux pattes.

Érosion (n.f.) : enlèvement par les cours d'eau, le vent ou la mer des débris de roches désagrégées à la suite d'une altération chimique.

Espèce (n.f.) : ensemble d'organismes vivants ou fossiles qui présentent (ou présentaient) une morphologie et des caractéristiques génétiques semblables et qui sont (ou étaient) capables de se reproduire entre eux.

Genre (n.m.) : ensemble regroupant des espèces voisines d'organismes vivants ou fossiles. On désigne un genre par un nom latin dont la première lettre est en majuscule. Il peut être suivi par un deuxième nom latin, celui de l'espèce (sans majuscule). Par exemple : *Velociraptor* (genre) *mongoliensis* (espèce).

Organique (adj.) : relatifs aux tissus vivants, qui contiennent du carbone.

Ovipare (adj.) : qui pond des œufs. À distinguer des vivipares, dont les petits naissent sans coquille.

Paléontologie (n.f.) : science basée sur l'interprétation des fossiles, qui a pour objet l'étude des êtres vivants des temps géologiques passés.

Quadrupède (n.m. et adj.) : animal qui marche sur quatre pattes.

Sédiment (n.m.) : ensemble de particules transportées par le vent ou l'eau, puis déposée dans un bassin aquatique. Après perte d'eau et cimentation dues à une augmentation de température et de pression par enfouissement, le sédiment se transforme en roche sédimentaire.

Sauropsides (n.m.p.) : ensemble d'animaux regroupant les reptiles (terme vieilli) et les oiseaux.

Tétrapode (n.m.) : vertébré terrestre ou aquatique (amphibien, sauropside ou mammifère), pourvu de deux paires de membres locomoteurs terminés par des doigts.

Index

Sources des illustrations

P. 12 (1), 16 (1), 30 (1), 32 (1), 40 (1), 46 (1), 52, 62 (1) : d'après des photographies de Didier Descouens (CC-BY-SA-3.0), reproduites avec son aimable autorisation ; p. 12 (2) : d'après une photographie de C. Eeckhout (CC-BY-3.0) ; p. 14 (1), 42 (2), 46 (2) : reconstitutions Nobumichi Tamura, reproduites avec son aimable autorisation (http://spinops.blogspot.fr/) ; p. 14 (2) : d'après une photographie de Verisimilus (CC-BY-2.5) ; p. 16 (2) : reconstitution J. T. Haug et collaborateurs (Acta Palaeontologica Polonica, 2012) ; p. 20 (1), 22 (1), 24 (1) : échantillons aimablement fournis par l'association brestoise APM2B, photographiés par l'auteur ; p. 20 (2) : d'après une photographie AFP ; p. 22 (2) : document paleopedia.free.fr, modifié par l'auteur ; p. 24 (2) : dessin de l'auteur sur les instructions de Rémy Gourvennec ; p. 26 (1) : d'après une photographie d'Yves Plusquellec, reproduite avec son aimable autorisation ; p. 26 (2) : d'après les travaux d'Yves Plusquellec ; p. 30 (2) : d'après une photographie de Jackman Rodger / OSF / Biosphoto ; p. 32 (2) : reconstitution J.-C. Fischer (Fisher et Riou, Annales de Paléontologie, 1982) ; p. 34 : d'après les travaux de D. Huang, M. Engel, C. Cai, H. Wu et A. Nel (Nature, 2012) ; p. 38 (1) : d'après deux photographies originales aimablement fournies par Wes Baker, Hyote Imaging ; p. 38 (2), 48 (3) : d'après Matt Martyniuk (http://en.wikipedia.org/wiki/User:Dinoguy2#Scale_charts), modifiés par l'auteur ; p. 40 (2) : d'après un document Futura-Sciences et une reconstitution de Nobumichi Tamura, modifiés par l'auteur ; p. 42 (1) : Humboldt Museum für Naturkunde, Berlin, Allemagne ; p. 48 (1) : d'après une photographie de J.M. Dollan ; p. 48 (2) : d'après les travaux de M.P. Witton et D. Naish (PLoS ONE, 2008) ; p. 50 (1), 62 (2), 66, 68 (1) : d'après des photographies de l'auteur ; p. 50 (2), 76 (2), 78 (2), 80 (2) : d'après diverses sources ; p. 56 (1) : http://www.abdn.ac.uk/rhynie/aster.htm ; p. 58 (1) : reconstitution M. Hirmer (1927) ; p. 58 (2) : d'après une photographie de Jstuby (domaine public) ; p. 58 (3) : d'après une photographie ancienne ; p. 60 : d'après une photographie et un document de Maurice Loir (www.diatomloir.eu/Diatodouces/Sructurediato.html) ; p. 68 (2) : d'après une photographie aimablement fournie par Bernard Le Lann ; p. 68 (3) : d'après les travaux de S.M. Gon III (http://www.trilobites.info/trace.htm) ; p. 70 : Office de la culture, Paléojura, Porrentruy, Suisse (http://www.paleojura.ch/) ; p. 72 (1, 2) : d'après divers documents en provenance du site de Laetoli, Tanzanie ; p. 72 (3) : reconstitution D. Johanson, T.D. White et Y. Coppens (Kirtlandia, 1978), modifiée par l'auteur ; p. 76 (1) : d'après une photographie aimablement fournie par James St. John (échantillon D. Cooper) ; p. 78 (1) : d'après une photographie aimablement fournie par le Royal Tyrrell Museum, Alberta, Canada ; p. 80 (1) : d'après plusieurs photographies originales aimablement fournies par Jean-Baptiste Dodane.

Le fossile montrant le combat entre poissons dont il est question p. 81 est visible sur : http://www.christies.com/LotFinder/advanced_search.aspx (sale 5560 - lot 415). Autres sites de référence et photographies sur : http://martial-caroff.e-monsite.com.

L'auteur remercie Paola Grieco pour son implication dans ce projet, ainsi que Wes Baker, Didier Descouens, Jean-Baptiste Dodane, Rémy Gourvennec, Maxime Hoffman, Philippe Hubert, Bernard Le Lann, Maurice Loir, Yves Plusquellec, James St. John, Nobumichi Tamura, Muriel Vidal, le Muséum de Toulouse et le Royal Tyrrell Museum.

Photogravure : Atelier Graphique TAG, Nantes
Reproduit et achevé d'imprimer en février 2014 par Papergraf en Italie
pour le compte de Gulf Stream Éditeur
Impasse du Forgeron - CP 910 - 44806 Saint-Herblain cedex
www.gulfstream.fr

Dépôt légal - 1re édition : avril 2014